释 印 能　1975年生，法眼宗第十一代传人，国际著名梵呗音乐唱诵家，颇具影响力的佛教音乐人。1994年师从高旻寺德林方丈剃度出家，赐名无瑕。1997年于云居山真如寺受具足戒。2006年礼拜弘法寺本焕长老为依止师父学习华严，赐名印能。2006年担任《神州和乐》主唱，到访十多个国家和地区。出版有《华严境》《念佛三昧》《心中的菩提》《佛说万物生》《华藏梵音》《华藏世界念经系列》《华严字母》《世界心灵音乐专辑》以及MV《微妙佛音》等多张专辑，集作词、作曲、演唱于一身，并参加过百余场梵呗音乐会策划、导演以及演出。素有"微妙佛音、华严王子"的美誉。发愿余生以梵呗音乐为方式弘法利生。

梵·境·行

心若无尘

释印能 著

社会科学文献出版社

Preface / 自序 /

佛法无人说 虽慧莫能了

佛以一音演说法,众生随类各得解。同是闻法,每个人都是根据不同情况,获得相应的见解。祖师大德又说,佛生西域,法传东土,大法流传数千年直至中国,代代赖僧相传。若无僧传,法焉能兴乎?所传皆是佛应众生而说之心法经典。"经"者,径也,乃古圣先贤所走之路。而记录和传播这些佛言祖语,都离不开文字相。"相"就是表法的,不于相表,于法不彰。

即便是禅,虽然展示在生活点滴处,以及禅宗不立于语言文字云云,但若表达传承,必用文字语言相。所谓"话是开心锁",有时一语既可破除千年暗。当今,很多弟子被生活中的烦恼困扰,不能自拔,希望与我有更多的交流,我就有了借助互联网平台写点东西的想法。

该互联网平台每天更新,不觉已过两年有余,其中原创散文诗有三百余篇。这些散文诗不成章法,均系应生活之需,亦非全是"心灵鸡汤",其内含有佛法。应诸弟子、信众和粉丝之请,整理出版成册。但是否能对读者学佛受用,也很难说。正如佛法本是在生活中体现出来的,不是说出来的,是行出来的。古往今来,禅宗讲开口即错,动念即乖,起心动念无非是妄想。余何以如此饶舌?但是大家再三强烈要求,无奈尽力为之。

Preface / 自序 /

佛经曾云，法无顿渐，没有高低上下之分，唯论当机、不当机。譬如医生看病，依症下药方，若方不对症，则病不得除。但究竟哪一方应对此病，哪一法应睹者之机，应取决于个体。故明眼人读之，难免觉得是扯葛藤，打闲岔，啰里啰唆。但于初参后学、佛法门外汉及要解脱心灵烦恼之人，还是要说一说的。顺此因缘，印能勉强做斯事，希望有缘得睹者，能得些许之受用，得些帮助，仅此而已，余无所求。

在此感恩诸佛菩萨、龙天护法、十方善信及所有人的支持，并以此祈祷世界和平，祝愿祖国繁荣富强，人民幸福安乐！是为序。

公元 2017 年 5 月 3 日　农历丁酉年四月初八
印能于华藏世界精舍

Preface / 代序

微妙佛音　愿心无尘

印能法师以音声事佛，以梵呗弘法，已有很大的影响，成为当代梵呗唱颂代表人物，以人心净化、社会祥和的功德令人随喜。

缓缓而来，法师又要出版一本诗偈集——《心若无尘》。

《心若无尘》这个书名有清新扑面之感。心若无尘，真是一种美好的境界，令人神往；同时，这四个字意犹未尽，"心若无尘"，该当如何？留给人们余音袅袅的启迪与冥思。

法师的文字一如他的梵呗，自有其美的律动，清净庄严，祥光遍照，滋润心灵。这与他一路走来的修行息息相关，也展现了他作为一名僧宝的悲悯与愿力。

这些诗文很易读，娓娓道来，如寒泉清流，涓涓入心；又如明月星光，蕴含至理法义，启人深思，促人省觉，我想会令人受益。

中华文化以儒为主体，佛道为辅助。儒家以礼乐为本，而诗乐又同出一源，佛道同样具备此种精神。法师的书也展现了这种精神。

愿心无尘。
是为序。

陈一丹
丁酉阳春三月

陈一丹（左）与印能法师（右）

Contents / 目录 /

一

/ 问心

002　怀念母亲
006　心若无尘
007　水静鉴物　人静观心
007　幸福的源泉来自哪里
008　不被烦恼左右的秘密
008　幸与不幸
009　住心自看净
009　心即是红尘　凡间亦净土
012　禅坐菩提树下
013　独露真常　自在禅心
015　让每一个人保持他的尊严
015　人可以不完美　但一定要真实
016　自己有担当　方可利益众生
017　如何与生活握手言和
018　人生选择的般若智慧
019　微笑既是布施　也是供养
019　笑对苦难
020　有一种努力叫作靠自己
022　静中无介事　反复弄虚空
023　种一颗充满爱的种子
024　熙熙攘攘　人间百态
024　不容父母　何以容天下
026　慈悲无敌人　朋友遍天下

Contents / 目录 /

026	如是生活　如是做人	055	改变思路和观念　才有出路
027	心灵的归宿	057	相信自己 一切皆有可能
028	一诺千金　为人之本	058	如果你的心累了就回家吧
030	幸福其实很简单	060	心灵是一座美丽的后花园
031	心安处处是家乡	061	爱与恨一念之间
032	心安即归处	062	知足感恩　幸福自来
032	千万别伤害对你好的人	062	别让痛苦耽误你的一生
033	世界的美丽缘自你我	064	我自无心于万物　何妨万物常围绕
035	相信自己　一切皆有可能	065	满架蔷薇一院香
036	笑看人生沉浮　静观世事变迁	066	心中有光明　总会见得到世外桃源
037	真正的有福和真正的快乐	067	改变自己是幸福的关键
039	保持微笑　一路收获幸福	069	没有平坦的路　只有平静的心
040	你的第一责任是让自己先幸福	070	安全感是自己给的
041	成就别人就是成就自己	072	我有一颗崇高的心
043	生命的意义是什么	072	纵然被欺骗　也要保持善良
044	走错了路　要知道回头	073	心中若有爱　一切皆是美好
045	问世间幸福是什么	073	梵呗天籁 富贵华严
046	你在地狱还是在天堂	074	成功到底是什么
047	你一生寻找的佛究竟在哪里	076	活着活着　终于明白了
050	魅力自我　在时尚中培福	077	糊涂和清醒是幸福的关键吗
052	海阔凭鱼跃　天高任鸟飞	078	假如人生不曾相遇
053	修行的心境	081	你若不来　我怎舍得老去
054	原谅别人就是放过自己		

Contents / 目录 /

二 / 行道

084	感怀师恩
088	受苦是了苦　享福是消福
088	生活就是你的道场
089	千般过往　唯有放过自己
091	众生难度度众生
091	生命犹如一场旅行
092	应无所住　而生其心
092	迷悟就在一念间
093	自性若悟　众生是佛
093	万般带不去　只有业随身
094	错过了　就放下
094	佛度有缘人
096	我恭敬这样的人
096	众生学佛　不愚不痴
099	佛缘
100	一切恰好　不负当下相遇
100	识得家中佛　从此得安乐
101	道念若同情念　早已成佛多时
101	念佛回家
102	爱向苍天　善行人间
104	止语是一种高尚的修行
104	善良的佛心不能丢
105	我愿意做一滴水

Contents / 目录 /

105	这一世我是来看你的	130	守住自己最初的善良
107	鸟随鸾凤飞腾远　亲近贤良品自高	132	走自己的人生路
108	为活着的每一天喝彩	133	用微笑来面对世界吧
109	轻装上路　前途无限光彩	134	请善待自己
112	请给我们的欲望减减肥吧	136	遇见最美的幸福
113	世界的美丽无处不在	137	逃避永远无法摆脱痛苦
114	修行是什么	137	做最真实的自己
116	不期而遇的美好生活	139	如何让幸福常伴左右
117	你可曾遇到这样美丽的菩萨	140	不要把烦恼带到明天
118	反复弄虚空	140	秋日里送给爸妈最美的祝福
119	心疼陌生人的瞬间	141	读诵经典就是最好的修行
121	慎独是一种修为境界	142	如阳光一样轻轻穿过尘埃
122	爱的力量	142	人生难得糊涂
123	用幸福秘诀拥抱世界	144	记住自己最初的约定
124	生活中最好的修行	145	苦海不做烦恼人
124	放下放不下　冰火两重天	146	趁岁月静好　不要虚度光阴
125	心动更要行动	146	这一生　你有梦想吗
126	无上清凉　一路散清香	148	供佛
128	温暖别人　照亮自己	149	捕捉生命中稍纵即逝的美好
128	我们与灵明觉性一路同行		
129	阳光温暖大地　风中自有花香		
129	世界癫狂　我心优雅		

Contents / 目录 /

三 / 说禅

152　梵呗弘法
162　悲智双运即是禅
162　我是一切的根源
163　人生即是禅
163　觉后空空无大千
164　正法常住心念间
164　在无常中寻找到永恒
165　问佛情寄何处
165　佛子每日清晨必发之愿
167　千年古树　千年情怀
168　禅心自在
168　念佛
169　苍凉岁月悟玄机
169　放生的意义
170　花雨满天　不禅不动
170　闲剪片云添补衲　一轮明月照禅心
172　落花深处　万物归尘
172　一切皆为虚幻
173　与千年古树谈心论禅
174　娑婆世界不过是一场梦
174　欲望是最深的陷阱
176　寂静欢喜　步步生莲
176　佛在心中　红尘也是道场
177　大年夜僧家参禅守除夕
178　在诗情画意里问禅
178　生活中到底什么是佛
180　什么是洪福与清福

Contents / 目录 /

182	慈悲之乐　涅槃之音	208	学习佛法　不是对尘世的逃避
183	万缘全抛下　西方去做佛	208	洗净尘埃　不悲不喜
184	真正的富有	210	若你能不闻是非　静思己过
185	圆满是佛子行	211	问禅
187	愿一袭袈裟　可度一切众生	212	妙色曼陀罗
188	一轮明月照禅心	212	空欢喜
189	倚山靠海　春暖花开	213	诸缘如幻梦　世间妙莲花
190	红尘中做一朵美丽的莲	215	醉·红尘
190	早起发愿　睡前感恩	215	一念嗔心起　百万障门开
191	愿作西方一朵莲	216	风来竹面　雁过长空
192	心中有天地　不为外物欺	217	佛陀悲心　度我出苦海
193	世间万事都得成于忍	218	梦里有一朵莲
196	不贪恋　不执着　才能赢得真正的快乐	220	佛法就在生活中
196	世人赤裸裸来　赤裸裸去	221	佛说，若无相欠，怎会遇见
197	一切都是自己感召而来	222	人生没有如果　只有结果
197	将佛法融入世间法	223	到底哪里有佛
198	随缘而行　自在人生	223	踏雪无痕佛现前
198	烦恼的原因是自己不肯放手	224	清净自在皆是禅
199	相处的艺术·禅	225	此时不修　要待何时
201	夏雨满院听禅心	228	出家僧人一天的生活
202	如何增添福报	230	人生是一条漫长的路
203	佛永远是你心灵的归宿	232	学佛要从哪里开始
204	十方贤圣不相离　永灭世间痴	235	佛就是自然　如影随形
	——王安石皈依三宝颂	236	多情山顶挂明月　光泻千里照僧还
204	回眸一望　乃满目青山	237	一时花开　我为你诵经祈福
206	人心至简　光明内外	237	念佛的人最幸福
207	如是降伏其心		

问心

一

怀念母亲

我的家乡是吉林省扶余县，那里有我全部的童年回忆。而最深刻最柔软的那部分回忆，属于我的母亲。她是一个善良勤奋又苦命的农村女性。经历了几年类风湿病痛的折磨，38岁的妈妈，在我9岁那年去世了。至此，我承受了幼年丧母的苦痛。她撒手而去，把生活的所有难题留下来，这是我的命。

父亲承受了中年丧妻的劫难。虽然他经历了很多事，但我知道，临危不惧、沉着冷静并不是他的本真。是母亲的离去才让他变得愈加严厉、不苟言笑。幼子的脆弱和不安，他仿佛视而不见。我无法再拥有母亲那温暖的怀抱，无法再看到她慈善美好的身影，无法再享受她轻盈的爱抚。母亲用过的被席和衣物，我都想留下来，用力地去呼吸，闻一闻、看一看，只想用我的方法留住她。可是，不能。脑海里一幕幕地回放着妈妈临终时对我说的话："孩子，妈不能再照顾你了。听妈妈的话，长大以后出家当和尚去，别再重复走我和你爸的路。"我当时被吓到了，不知所措，只是把这句话深深地记在心里。所以后来父亲娶了继母以后的无数个浑浊的时光里，我都会想起母亲的遗言，在心里一声又一声地默默呼喊着妈妈，坐立不安。无论继母为我做什么，我都会将她跟母亲比较，越发焦躁，思念和委屈缠在一起，梗在心头。如果说我的求佛之路前面隔着一条河，那么我的母亲和继母就是我的摆渡人。她们无形之中助我走向未来,在背后推了我一把。而我,抑制悲伤最好的方法,就是遵从母亲的嘱托,坚定自己一生一世要信守的承诺。

　　12 岁到 18 岁记录了我短暂又漫长的一段生活,我的寻佛之路一波三折。13 岁自己偷偷北上哈尔滨,15 岁南至大连和天津。纵然有家人的不解和阻挡,但这拦不住我出行的脚步。不得不承认,急切离家的很大一部分原因,是我认为自己得不到家人的关怀,我一直在寻找母亲的坐标。心被锁在一间密室里面,无人问寒暖,无人可倾诉,常常恍惚无助、沮丧绝望。即便身心数次流浪、饱经酸涩,也只是摧折之后的一场大痛,而这些疼痛很快恢复。它们都没有改变我叩击佛门的念想。

　　仍然记得天津的冬天很冷,无依无靠的我身无分文,流浪在街头,口腹的饥渴用叹息声不停地提醒被折磨得泪光闪烁的少年,我走向水果摊外的垃圾堆,扒去一半霉腐,紧闭双眼,和着路人的目光咽下另一半忐忑。母亲的呼唤声又忽地传入耳畔,让我一阵阵眩晕难受,辨不清身处何地。经好心的铁路乘警施救,我才辗转回到家,可是依然感受不到家里的任何关心和爱护,更让我觉得自己是一

个跟他们不相关的陌生人。现在回想起来,对过去这段离家经历感到后怕——若当时遇见坏人,该怎么办?

另外,现在也特别理解当时的家人们,可能他们是想平淡处理我多次离家出走的事实,不予指责和怪罪,现在想来,我着实有些不懂事理。但是那时候我小小的心确实需要他们的关怀,哪怕是一点点问询都好过什么也没有。内心更加思念我的母亲,直到我真正出家后十多年,只要看到与母亲年龄相仿、面容相似的女众,我就会在她们身上寻找妈妈的影子,想小声呼唤"妈妈",在她们身上停留片刻目光,想以此找到哪怕一丝的安慰。但我同时又深深知道,出家人是大丈夫之所为,不应执念于此,也与修行度化众生相违,所以必须要升华自己的情感。后来我写了一首诗《思念阿妈》,2012年把它变成一首歌曲,至今还在传唱。

我当时的想法是,母亲毕竟已经不在了,我应该学佛菩萨,把天下的父母都当作我的父母,他们都是我要用佛法孝顺的对象。至此,我的心结顿感释然矣。心中只有一个愿望,正如歌词中所言:"祈求佛菩萨,保佑妈妈生在佛的净土,妈妈也成一尊佛,等着我到那里去相会,从此再也不要分开,我永远是佛的小孩!"也就是在那一年后,我不再被远比风寒还可怕的烦恼纠缠,眼眶里不再时时盈满委屈的泪水,只深深地在心里读出一个声音:阿弥陀佛!

南岳山下古南台寺　大雄宝殿前小憩片刻

心若无尘

心若无尘
便会远离颠倒梦想
放下患得患失的纠缠

心若无尘
你观到的是照向心灵的明月
聆听到的是石间流动的清泉

心若无尘
你会襟怀坦荡觉知当下
你会从容自若悠然之中

心若无尘
你能带着喜悦的心情
活出独特真实的自我

心若无尘
如一潭幽雅的湖水
如一片自由的白云
如一座幽静的深山
如一地皎洁的月光

心若无尘
心中便有一个至纯至美的世界
充实、富足、愉悦、美丽、感恩、光明

心若无尘
随佛陀一路梵行……

水静鉴物　人静观心

过分的忧虑，
就是浪费时间，
它不会改变任何事，
只能搅乱你的思绪，
偷走你的快乐。
莫如把心静下来，
是第一善哉。
水静能鉴物，
人静能观心。

美丽的湖面，
只有在风平浪静时，
才能把周边的景物倒映其中，
展现出水天一色、水上人间的
绝美画卷。

人也如此，
只有在心境如水的时候，
才能客观理智地思考问题，
正确地做出判断。

以水为鉴，临水照人。
心静人不浮，静心能明理。
静是在生活中，
降伏浮躁、保持清醒的最好方法。

幸福的源泉来自哪里

放下一些欲望，
多一些知足，
该舍的舍，
该放的放，
该忘的忘，
这是获得快乐的方法。

更要学会用智慧调整心态，
可以改变的去改变，
不可改变的去改善，
不能改善的去承担，
不能承担的就放下。

生活平淡、没味道并不可怕，
可怕的是戴着面具，
那样你就活在虚荣的梦幻里。
人要丢掉面具，
活得真实点，活得简单些，
方是幸福的源泉！

不被烦恼左右的秘密

面对生活的纷纷扰扰
每个人都需要从内在的觉悟
慈悲地去活好这一场生命的缘起

不纠缠
不对立
不悲观
内心的约束
外在的随顺
自我的超越
不被烦恼牵制和左右

运用生命中的那些
温和、善意、光明、信念
从而化解生活里的
愤怒、浮躁、不安、沉迷
活出生命中的
自在、安宁、平和、喜乐

幸与不幸

幸运喜欢光顾那些充满智慧的人
不幸通常是降临在愚者身上的果

与其谈论幸与不幸
不如洞察智慧的真谛

勇猛精进是智者的领悟
因为他们深知这比坐等命运更胜一筹

领悟古老智慧的密语
幸运也将如影随形

住心自看净

出山泉水浊，在山泉水清。
幽居于空谷，自然分外澄。

浮生一叶舟，四顾两茫茫。
住心自看净，摄心于内证。

莫听雨打林，何妨立中宵。
当生此间气，助我化无为。

心即是红尘　凡间亦净土

花开即花落
有情亦无情
心即是红尘
凡间亦净土

尘心当若素
碧荷生幽泉
瘦梅发高枝
凌寒独自开

人生就要这样
以简单的心境
享受生命中的阳光与温暖
以从容的心态
对待生活中的所有
用微笑摇曳出彼岸的春天
让幸福像花儿一样开放
让平淡的时光在指尖绽放光彩
镌刻出生命里的灿烂

如花儿般
开在哪儿，哪儿就是芬芳
落在哪儿，哪儿就是归宿

钟南山古观音禅寺禅七开示中

若人静坐一须臾　胜造恒沙七宝塔

禅坐菩提树下

有人走过带起的微风
卷起了树叶的声响
在我看来
都是一种喜悦
来者即为有缘人
兴许你不在意
我却满心欢喜

鸟儿飞过蔚蓝的天空
留下了一种痕迹
在我听来
都是一种美好
纵使羽翼已经远去
纵使苍穹凝碧
我却满耳天籁之音

谁的心里盛满了虔诚
望断了春的萌芽夏的繁花
谁的脚下落满了黄叶
坐断了秋的成熟冬的萧条
带着叹息的世人
不必给予我些许的怜悯
我的心里充满了坚持

即使
花非花雾非雾
我心自寂静欢喜
即使
花是花你是你
我身自岿然不动

独露真常　自在禅心

让你的品德
永远超越你的职位
让你的内在和外表
同样地令人印象深刻

深刻可以是
在人前不总是谈论自己关心的事
而是多留心关注角落中默默无闻的人

或者可以是
一个给予陌生人的微笑
一个温暖而关注的眼神
一个亲热而关切的问候
这些平凡的善小正是积累深刻的源泉

注意培养自己高雅的趣味
保持身心的清净与安宁

远离那些声名狼藉的事情
若除尽尘埃
便会独露真常

把烦恼抛入虚空
带给他人正能量
自然就会赢得众人的善意和谦恭的美名
自在禅心也就由内而外地成就了

2016年9月，在南岳衡山文化节梵音会献唱《华严字母》

让每一个人保持他的尊严

每个人都活在自己的骄傲之中
让周围的人保持他们的尊严
也就是维护了自己的名誉

因为
我们既不完全属于自己
也不完全属于他人
照顾别人的感受是觉者的自省

言语生硬
就算事实如此也令人心生不快
而持续保持谦虚的姿态和温婉言语时
就自然而然地维护并保持了
身边每一个人的神圣和尊严

哪怕是微小的事情也不藐视和咒怨
持之以恒地发真诚欢喜心
接受现状面对一切时
怨怒自然就消失了
长久以往
地狱也将变成天堂

人可以不完美　但一定要真实

人与人之间，可以亲近，也可以疏远
情与情之间，可以浓烈，也可以平淡
事与事之间，可以烦琐，也可以简单

人生随缘就好
感情随心就好
生活随意就好

开心也好
不开心也好
生活一样要继续
道路崎岖也好
平坦也好
一样都要行走
人生辉煌也好
低谷也好
都一样要去面对
不强求自己也不勉强别人

生活中，总要遇到很多的问题
红尘过往，谁又能地久天长
把该做的事做好，把该走的路走好
尽心了，无论结果如何都好
我可以不完美，但一定要真实

自己有担当　方可利益众生

如果你掉进水里面
要求别人拉一把
是可以的

但是你在岸上时
却总要人背着
那就不对了

什么都能承受
还老想着占便宜
又有何意义呢

不能树立自己的坚强的生命力
其原因就是向外求的太多
而向外求的越多
生命力也就越脆弱

做人、做事、责任
自己都不能承担
如何利益众生

能不给别人增加麻烦
就已经是进步了
有些事情如同吃饭一样
别人是代替不了的

请记住
一切时一切处
养成一个自己承担
凡事要靠自己的好习惯
如此方为大吉祥

如何与生活握手言和

在这个世界里
能活得得心应手、游刃有余者
寥寥无几

很多时候
我们不得不忍辱负重
结交不喜欢的人
接受不胜任的事
被欺压,被打磨,被伤害
最终带着一肚子委屈
走向人生终点

快乐的人
总是能沿路把委屈扔掉
不快乐的人
总是背负那些怨愤艰难地行走
灵魂是会记账的
你所经历的一切好事坏事
它都会一笔一笔记录在案

所以
我们要尽力
在人生中多记录好的心情
保持积极向上的心态
就算攒不了太多美好
也别积压一堆怨恨

生活就是一个逐渐调试自性的过程
日渐明白与周围环境和谐相处之道
越来越懂得找到理性和感性的平衡
愿我们放下心中的戾气
与生活握手言和吧

人生选择的般若智慧

生命是一种缘
你刻意追求的东西也许终生得不到
而你不曾期待的灿烂
反而会在你的淡泊从容中不期而至
这就是你的缘
你该遇见什么样的缘
因果中早有定数
你要做的是
随缘不变,不变随缘

生命是一种静候
当我们驻足欣赏这世界时
你就能体会到
连日奔波寻春竟不得
回首春在枝头满十分
你才能感受到身边的幸福

生命是一种选择
你选择了自私
你的世界就是狭隘的

你选择了无私
你的世界就是宽广的
你选择了仇恨
你的世界就充满了怨憎
你选择了慈悲
你的世界就充满爱

你若是有这样的觉悟
选择该选择的
知道何时静候
了知遇见谁都是你的缘
那你将拥有无比自在的人生

微笑既是布施　也是供养

请保持你的微笑
发自内心真诚善意的微笑
充满禅悦的欢喜

不但能点燃心灵的明灯
而且会带来无穷的信心
让人不能忘怀
铭记一生

让我们一起微笑
点燃别人的希望
传递世间的美好

微笑
既是布施
也是供养

笑对苦难

没有痛苦的人生是不存在的
我们的大部分时间都要经受痛苦
为了某个人生的目标痛苦挣扎和奋斗
直到生命的尽头才盖棺定论
痛苦的努力也暂告段落

世界上很多伟大的民族精神和智慧
都教导我们清楚地认识苦才是人生
然后平静理性地生活下去
不消极悲观而是积极进取
这和佛陀的智慧是一致的

很多高僧圣贤会有"求败"的名言
因为超凡的领悟让他们明白
跌入最深的谷底会带来人生前行最大的动力
清醒、忍耐与顽强像火山一样爆发
痛苦就变成了成功的源泉

笑对苦难
它最终也会向你露出它的笑容
这是我们精神世界的一件法宝
善于利用就会离苦得乐
生活有多艰难
你就该学会有多智慧和坚强

有一种努力叫作靠自己

我不敢说累
因为我还没有到达目标
我不敢偷懒
因为成功的人还在努力
我更不敢停下来
因为跑得快的人还一直在奔跑

我不敢停止修行
因为我还没开悟
我更不敢轻言放弃
因为那样就永远不达彼岸
我最不敢不去利益众生
因为看到无量众生受苦
我心会难过

我更不可以嫉妒别人
因为那会令我堕入深渊
相反的
我要随喜赞叹人家的付出和努力

每个人在因果面前是平等的
种什么样的因
必定得到相应的果报
无论是修行
还是生活
一切都是因为你自己
生活总是在不经意间告诉你
有一种努力叫作靠自己

所以坚持正确的选择
只要踏踏实实地做事
发扬力求务实的精神
会发现越努力越幸运

黄叶铺满天　禅坐阅大千

静中无介事　反复弄虚空

有的人，
被纷乱的脚步，
踩碎了梦想。
有的人，
被嘈杂的声音，
泯灭了平和。
还有的人，
被无止的欲望充斥内心。

人们急功近利地东奔西跑，
劫掠般地到处赢取自己的
身份、地位、利益。
总渴求着一步登天，
幻想着千万大奖仿佛就在眼前。
可生活所有的一切，
却如同煮沸了的水，
用蒸蒸白雾宣告自己的精彩，
却于一瞬间消失得无影无踪。
忙活了一辈子，
却成了梦幻泡影，
无可奈何花落去，
如烟云，如流水，空悲切！

有师开道统，
却无法度愚蒙，
走遍天涯寻知已，
未审哪个是知音！

静中无个事，
又在反复弄虚空，
地老天荒后，
好似魂飞烟霞中。
一路云水，上求下化，
效圣贤士现一往还，
唯有一心愿，
应使世间痴，
沉迷尽皆醒。

种一颗充满爱的种子

种一颗充满爱的种子
在春天里生根发芽
经历夏日雨水的浇灌
金色的秋天便悄悄地收获
冬日里慢慢地收藏起幸福

生命从开始到结束
就犹如从一粒种子
回归到另一粒种子的过程
从你来到世间
再离开这个凡尘
这个经历就叫修炼

尽管时光流转
有些画面却永远定格
在色彩斑斓的人生中
点亮每一盏属于自己的心灯
构成一幅美丽的画面
在心里烙上了永恒的印记

从老年返回到壮年
再到少年和儿时
乃至呱呱落地时
都写满了春天的故事

每一个时期的我们
都如花样年华般绚丽
簇拥在一起
就是一部好看的电影

我们却独独喜欢
把镜头停留在儿时
望童真与童趣玩闹
看童心与童颜嬉笑
变成童年的模样
我们拾起了久违的纯真无邪
天真烂漫

蓦然回首
这一幅幅美丽的人生画面
早已回归你最初的善因里
最初的也就是最终的
这岂不是禅法最好的展现吗

熙熙攘攘　人间百态

众生之苦
功名利禄
无一不是熙熙攘攘
得之惊喜
失之忧惧
嬉笑怒骂
无一不是人间百态

你方唱罢
我又登场
一出出一幕幕
翻滚在迷惑里
挣扎在苦海中
悲欢离合
无一不是众生果报

入刀山火海
六道之中皆是怨憎会
五蕴炽盛中求不得
生老病死伴随着爱别离
此时谁肯梦醒苦海回头得度

不容父母　何以容天下

"谁言寸草心，报得三春晖。"我们来到这个世间，最应感恩的人就是父母。父母赐予我们生命，哺育我们成长，教育我们做人，像佛菩萨一样无私地爱着我们。此中恩德，实在无以言喻。

正如莲池大师所说，恩重如山丘，五鼎三生未足酬，亲得离尘垢，子道方成就。中国有句古话："饮水思源。"报父母恩，首先就是尽孝道。为人儿女者，若不孝，不知其可为。

何为孝？孝者，顺也，顺父之意，顺母之意。这是一个古老的传承。你想让你的孩子孝顺吗？那你先做出表率。你孝顺，你的孩子必定孝顺。你的孩子好比复印件，你好比原件。要想复印件没有错字，肯定要先改正原件。

中国还有句古话："百善孝为先。"你想修身、齐家、治国、平天下吗？如果你连最起码的孝都做不到，用什么传承基础来成就你的梦想？

要知道，孝里面就含着天地大道。慈悲在里面，智慧在里面，因果在里面，福气在里面，道德在里面，感恩在里面，就连最基础的良心也在里面。

一个人，有多大量，成多大事。你能容纳世界，你就是世界的主；你只能容纳你自己，你就只是你自己的主；你能容别人，你就是大家的主。心量一点点，还梦想着做成功人士，恐怕是"十担芝麻树上摊"，甚至连生存都可能出现问题。心量大，大到包含一切，无所不容，才是正道；心量小，不能容纳世界，不能容纳社会，不能容纳朋友，不能容纳兄弟，甚至不能容纳自己的生身父母！这样的人，谁愿意跟你合作？谁愿意跟你去拼搏？

孔子曰："夫孝，德之本也。"大凡大公司招聘，都把德放在第一位。选择生意合作伙伴，还是把做人排第一。寺庙里师父收弟子，也要看善根。你交个朋友，也要选择孝顺父母的人。为什么？他连自己的父母都不爱，何以爱别人？他连自己的父母都不容，何以容天下？

慈悲无敌人　朋友遍天下

世界上没有一个人
能够消灭所有的敌人
可是如果能消灭自己的嗔恨心
除掉内心里所有的贪嗔痴
那么世界上再无敌对仇人
真正的敌人是自己
就在自己的心里
而非外面

世界上没有一个人
能够让所有人成为朋友
可是如果能让自己心完全慈悲
增满内心里的大慈悲大喜舍
那么世界上所有人都是朋友
关键就是内心慈悲
也在自己的心里
而非外面

如是生活　如是做人

知人不必言尽
言尽则无友
责人不必太过
太过则众离
敬人不必过卑
过卑则虚伪
谦让不必退尽
退尽则无路
此为儒之中庸

用禅来解释生活
有时候它就是一个度
适度为最好
如《楞严经》上所言
什么都不能过分
过分必出事端

用生活来解释禅
它就是理性和感性
达到最均衡的那个点
它就是慈悲和智慧
达到最恰当之处的体现就是
如是生活，如是做人
这就是佛，这就是道

心灵的归宿

当下，物质充盈，精神匮乏，人心浮躁不宁，心灵没有了归宿，精神失去依托。人的行为都由自己的欲望来控制，在金钱、利益的驱使下，苦苦追求自己眼中所谓的幸福，既折磨自己又伤害他人。

哪怕你只是随意抽出一部，每天一遍、两遍、三遍地念诵它，入了门里，你会一辈子也不愿意放下。因为念诵佛经时，会让我们放下烦恼，放空心境，放平心态。快乐、欢喜由此而生，智慧由此而得。这就是佛说的"经"。佛经是释迦牟尼佛的弟子把佛陀四十九年所宣讲的佛法记录下来的典藏。包括经、律、论，称为三藏典籍，博大精深，阐明了宇宙万法真谛。它有着磅礴的万法内容，完备的体系。它有海纳百川的魅力，给世人提供了周详的行为规范，它揭示了宇宙人生的实相，为人们提供了快乐的源泉，以及追寻真正幸福的途径。

念诵佛经，会使你慢慢静下心来，观察自己的内心世界，会令你发现，当初的烦恼、刻薄、痛苦慢慢没有了，取代的是平静、宽容、欢喜。渐渐地与周围一切相处和谐了，幸福也随之而来……

一诺千金　为人之本

儿时母亲教我
不要轻易许诺
若有许诺，绝不食言
纵使付出全部代价
也在所不惜

重承诺的人
生命如金子般贵重
轻言失信者
生命如浮草游萍
随波逐流
到哪儿都不受尊重
命运多坎坷

古人千金一诺
亘古不变
我们都应该铭记心中
并把它传承延续下去

纵然这世界癫狂无序
也要保持你的优雅
纵使这个社会嘈杂无章
也要坚持平静如水

一路走下去
一路坚持下去
等你走到华枝春满时
等你走到天心月圆时
你会发现
生命如此快乐
人生无比辉煌

舟行闻水声　翠柳拂尘埃

幸福其实很简单

放下

人若终日积怨于心,烦恼必然就多,也危害自身的健康。倘若我们要想过得幸福,就要学会看得开放得下,调整好自己的心态。不要让怨恨迷失了自己的心志,从而失去对事物正确的判断。

宽容

如果我们每个人不是只站在自己的角度看问题,而能从他人的立场审视问题,或者站在比自己高一层的层面看待问题,也许能看到另外一番景象。心中的不满和怨恨都会烟消云散,对自身素质和修养也是一种提高。

自在

我们总是渴望他人的理解和宽容,可是自己却很难做到这点,总把他人的缺点及错误放大成不满以至于怨恨。其实,细想世间岂有完美之人,试问自身也并非完美。何必总严以待人,宽以律己。凡事只要尽力去做,不苛求他人,你更容易得到快乐,生活也更加幸福自在。

心安处处是家乡

有一天
当你行走在山川河流之间
就会遇到我的心
它从来没有回到过喧嚣的城市

有一天
当你行走在田野乡村之间
就会遇到我的灵魂
它从来没有回到过嘈杂的社会

有一天
当你行走在高楼大厦之间
就会遇到我的信仰
它从来没有回到过自私的世界

有一个声音飘过来
你的家乡在哪里
你又何时回到你的家乡呢
你也会思乡吗

我的家乡在哪儿呢
挥之不去的声音在回荡着
那声音是
少小自入空门后
心安处处是家乡

我常感到快乐
生命的本源如此清澈
我会勾画一丛小花
凝视一只轻盈的小蜻蜓

我念着远古美丽的咒语
愿世间的一切不属于我
爱护我
就像我不属于你们
却深情地爱着这个世界

心安即归处

行一程路，赏几重山水。
读数卷经，阅出尘入世。
遇两三人，品悲欣交集。
经些许事，观风雨彩虹。
遥望前途，淡然而从容。
打坐参禅，无常亦有情。
觅方寸间，心安即归处。
悟缘起灭，福祸不可得。

千万别伤害对你好的人

人这一辈子
碰到对你好的人的机会不多
很不容易
错过一辆车
你还可以有机会等下一辆
错过一个人
那可能就是一辈子

有一种东西不可利用
那就是善良
有一种东西不可玩弄
那就是信任
有一种东西不可欺骗
那就是感情
有一种东西不可愚弄
那就是真诚

世界的美丽缘自你我

这世界上
所有不快乐的原因
都是只想着自己快乐
不顾及别人的感受

这世界上
所有快乐的原因
是想别人获得快乐
替别人着想

世界之所以美丽
就是因为无私奉献
因为互相帮助
让世界充满爱
充满爱的地方就是天堂

世界之所以丑陋
就是因为互相伤害
因为自私自利
让世界充满怨恨
充满怨恨的地方就是地狱

你我跟这世界息息相关
你的好坏牵动着我
我的善恶也牵动着你
更连着看似不相关的他

想让这世界更加美好
就要从你我做起
从每个起心动念开始
从每个人的行为开始

大家都承担起来
不推卸责任
把无私的爱传递
世界就会变成美好的人间

虔诚影尘回忆求佛路

相信自己 一切皆有可能

只要相信自己
一切皆有可能
努力过后才能无怨无悔
让刻苦成为习惯
用汗水浇灌你的未来

成功不是超越别人
而是要超越自己
要调整的也是自己
而不是外面的世界

能够改变命运的
一定是你的艰苦奋斗
而不是天天在那儿幻想
有一丝机会都不要放弃
不要停止努力
行动是对理想最好的诠释

不知道明天干什么的人
一定会被生活牵着鼻子走
更会落后得很远
智者的梦再美
也不如愚人实干的脚步

别人可以给你指路
但不能代替你走路
自己的路还是需要自己走
萤火虫的光虽然微弱
但亮着便是向黑暗的挑战

一分信心和十分信心
肯定不一样
一分努力和十分努力
肯定也不一样
一分成功与十分成功
肯定更不一样
一分和十分
根本就是两码事

你既然认准了一条路
就不必去问要走多久
朝前走便是
即便是累了休息一下
也是为了更好地朝前走

笑看人生沉浮　静观世事变迁

人生有很多道理
貌似我们谁都懂
但真正能够做到放下的
真正做到心中了无挂碍的
却只有少数的智者

而我们却是
念念不忘五欲色尘
饱受贪嗔痴慢疑折磨
也不肯放下

在这个娑婆世界
我们随时随地
起烦恼造恶业
给自身增加诸多障碍
阻碍自己修行

明明痛苦无比
就是不肯放下
犹如手中的茶杯
等热茶四溢不得不放下时
为时晚矣

我们的人生有很多这种情况
又牵引来生继续做着六道噩梦

其实我们如同那
风中的残烛
阳光下的泡沫
晨时的露水一般
转眼即逝

正如《金刚经》所讲
如露亦如电
应作如是观
生命如此短暂
可悲在这一呼一吸之间

当我们痛时
我们是否要警醒
该到回归自己的时候了
看破这梦幻一样的世界

真正的有福和真正的快乐

放下苦难的沉沦
找回清净本来的样子
不亦乐乎
正所谓
看破处变不惊
放下随遇而安

你我自性一体
何必指东道西
清净不染一物
随缘本无尘埃

耳朵不去听是非
眼睛不去看争斗
嘴里不说伤人话
心里面全是慈悲智慧
常常听闻善法
所见皆是上品之人
所言都是做人之语
恒常思维真理之道
世间一切善恶你却都知道
又能看破放下而不说破
这就叫有福
有福人生如意

你经历过人生很多艰辛
可你却没被艰辛打倒
虽感受过生活中很多悲苦
却没深陷其中不能自拔
而且每次痛苦经历过后
都在不断地成长
内心变得更加坚强
越来越明白什么叫爱
心量变得越来越宽广
充满无穷无尽的慈悲
这就叫快乐
快乐则万事顺利

冰天雪地里感受温暖

保持微笑　一路收获幸福

用一颗淡定的心
去面对那些
惹人烦恼的事儿
用一种豁达的心态
去包容那些
给你烦恼的人

我们追求的是
一份洒脱和简单
而不是执着于
那些鸡毛蒜皮的小事
更不是迷失自己

我们有时候
忘记了真心需要的东西
也有的时候
找不到了那最初的方向
此时最需要的就是
找回自己

若能日常里清闲无事
更能坐卧随心自在
虽粗衣淡饭
但觉一尘不染

虽深处俗世
但觉心无挂碍

其实
生活越简单
你的心就会越清净
自然看淡名利
拥有一个豁达人生

经历日常琐事而无烦恼
过人间烟火而清凉
追求自性安乐
方是人生一大乐事

就让我们从心开始
改变修正自己
在旅途中学会微笑
一路收获幸福

你的第一责任是让自己先幸福

慈悲智慧从哪里来
别向外想
向内观察
你就会知道
悲智是你本来就具备的

你用智慧去分析
你慈悲的第一责任是什么
应该是令你自己先幸福
只有你自己幸福了
你也就有能力令别人幸福了

因为幸福的人
最愿意看到身边的人幸福
所以首先让自己幸福
才能带给身边的人幸福

度人也一样
自己没有得度而去度人者
无有是处
照顾人也一样
自己都不会照顾自己
何谈去照顾别人

是故
佛者
自觉觉他觉行圆满
是故
菩萨者
自利利他六度万行
自觉自利为第一责任

成就别人就是成就自己

大家念佛以后
念了许多经典
发现佛菩萨所发的愿
全都是为了帮助别人而发

比如
阿弥陀佛的四十八大愿
药师如来的十二大愿
地藏菩萨的众生度尽方证菩提
普贤菩萨发的十大行愿
等等

诸佛菩萨无一不是如此
不为自己求安乐
但愿众生得离苦
事事都以利益众生为先

这些个大悲誓愿
要在我们心中真正生起
也不是一件容易事

让我们先用观想的方式
一点点用心思维
先从自己做得到的开始做起
慢慢地用心去做

让小小的善行
一点一滴累积下来
渐渐地聚集起来
就可以变成大菩萨行

慢慢生起正念
当你有了为众生
可以放下一切自私的想法时
才是真正慈悲的开始

假如慈悲不间断
福德就会绵延不断地产生
甚至广大无边到遍满整个虚空
最后你也会万德庄严

你有无量的慈悲行
其实这就是菩萨道了
无论你修哪个法门
无论你做什么事
只要存利益众生的心
不去计较自我得失
让众生得闻正法
让众生离苦得乐
最终成就的还是你自己

花下一诺度有情

生命的意义是什么

因为众缘和合
令我们来到这个世界
伟大的母亲十月怀胎
孕育了幸运的你我他
体验着生命轮回中的无常

生命的意义
在于你是否能够幸福地生活
而珍惜当下永远是幸福的基础
无论成败和得失
无论精彩与平淡
你都要不以物喜
不以己悲
更不必去追逐烦恼和忧伤
哪怕失去一切时
至少你的希望还在

生命的意义
在于不断地创造价值
每个人都有着自己的梦想
或大或小
既然有幸来到这个世上
就不要只是做天地间的匆匆过客
坚持追求自己理想

懂得知难而进
你就一定会有梦想实现的那一天

生命的意义
在于承上启下
觉悟万法皆空的同时
还要知道唯有因果不空
世界的确很大也很精彩
但那一切都是错觉
你要做的是
远离那些颠倒的梦想
淡看世界的生命轮回
解脱到达慈悲智慧的彼岸

生命的意义
在于认识自己
不断地寻找真我
发现自己内心真正的善良
拥有一颗慈悲和智慧的心
自然地做到善待自己
更能善待生命

走错了路 要知道回头

人生如果走错了路
要知道回头
不要错得太远了
生命里如果看错了人
要懂得放手
不要浪费你的时间

树叶从绿到黄
不是一两天就形成的
人心从热到冷
更不是一天就凉的
一切都只是个时间问题

用眼睛看人
容易走眼
用心感受才是真
患难见到的
不一定是真情
但日子久了
见到的一定是人心

人生本就苦短
时间本就有限
经不起奢侈浪费
错如果是别人的
就应该放下
思绪被不值得的人束缚了
就应该解脱当下
你还犹豫什么呢

问世间幸福是什么

幸福是什么
不是你的财富有多少
更不是权势有多么大
而是你究竟有多开心

幸福是什么
不是你的爱人有多漂亮
更不是你的房子有多大
而是你的笑容有多灿烂

幸福是什么
不是甜言蜜语
而是你伤心落泪时
有人对你说
别难过有佛在你身边

幸福是什么
不是你成功时的喝彩
而是在你失意的时候
有人对你说
没关系放下包袱继续努力

幸福是什么
不是追逐那些五欲六尘
也不是声色犬马
而是心中有着崇高的信仰

幸福是什么
不是拥有世间的情爱
更不是拥有万千名利
而是能够看破放下
拥有一颗菩提心

幸福是什么
不是仅仅能够讲千经万论
更不仅仅是圆顶方袍
而是解行相应
恒做利益众生之大行

你在地狱还是在天堂

生命里没有这样的人
一手就能够把你拽到天堂
如果有
佛早就度尽众生了

生命中更没有这样的人
一脚就能够把你踩到地狱
如果有
那所有人都在地狱里煎熬了

佛早就告诉你
命运中所谓的痛苦与快乐
其实都是空的
那只不过是内心的感受

你去天堂或者地狱
都是你自己决定的
都是你自己造成的
绝不是他人
当你能超越自己
除尽狭隘和自私时
你就会感受到天堂的存在了
当你被烦恼纠缠不清时
你到哪儿都是地狱

佛说万法唯心
命自我造福自己求
你的命运如何
就看你怎么看待和努力

你若奋斗谁也挡不住你
你若堕落谁也拉不住你
命运就在你的手里
也在你的心里

祖师所谓道
孤独苦者
莫住烦恼乡
少随法语悟真常
直下自承当
何处不天堂

你一生寻找的佛究竟在哪里

走过了一座又一座古刹庙宇
拜访了一位又一位高僧大德
还停不下脚步的你
是否该问问自己
你一生寻找的佛究竟在哪里

山穷水尽时回首突然发现
其实自己就是自己一生寻找的佛
那一生这一世谁在找寻着
谁在等待着
这个谁其实都是你

以前因为迷惑
你已经认不出了自我
现在因为觉醒
你终于找到了自我

其实佛早就告诉你
修行是一个认识自己的过程
真正认识了
你就明心见性了
你就是你一生找寻的佛

行云流水一孤僧　天地远行任逍遥

"一花一世界、一叶一菩提"

魅力自我　在时尚中培福

当今社会，有很多学习传统文化或是学佛之人，尤其是女性，却不知为何原因，就是很不舍得打扮自己。也许心心念念想要节约，不然自己的福报就被浪费了。然而，别人一看见她捉襟见肘的模样，就会敬而远之，学习传统文化学佛，就学得一身土气十足，衣衫破旧。其实，这于人于己都是一种曲解。

究其根源，什么样的心态最消福报，就是自私。反之，无私就是增福的妙法。敢问你节约是为了谁？是为自己。说怕消了自己的福报，实际上也是一种自私的想法。换言之，如果他人因为你的不修饰自己、邋遢随意而对圣贤之法失去信心，这恐怕消的福更多。

所以，有时候要在您条件允许的情况下，适当地打扮和装点自己，让自己端庄优雅，光鲜靓丽。闪亮自己才能照亮他人，为自己披上一件美丽的衣裳，与此同时，你更加虔诚地学佛，你的善言善行会更放光芒。

你的这些做法就不是为自己了。你如菩萨一般穿戴庄严和尊贵，让他人感到赏心悦目，仰慕垂青，才会让人在一念间，对佛法燃起信心。而你的佛学能量传播将超乎想象，辐射周边，度化他人，功德无量！你不但不消福报，还会增福报无量。你为人为己，都要把自己打扮得清丽而精致。

俗话说，只有热爱自己才能更好地热爱他人，一个连自己形象都不重视的人，怎么能更好地重视和关爱身边的人？但如果是仅仅局限地为了自己，为一己之私再怎么节约也是罪过。

我个人主张，作为传统文化和佛学的传承者，首要责任是以空的心态，把生活中每个细节用心做到极致，内修修养，外修形象，努力做到内外兼修，乃是修之境界，并非外现一种穷酸的模样，才算是真修行。当然有人励志苦行，那也是一种修法。但无论怎样，自私和无私是一个分水岭。无私为佛，自私为凡夫！做什么不重要，重要的是你的内心世界的净化和崇高！超然物外，云淡风轻，并能恩德他人。

无私是一粒种子，自私也是一粒种子。看你选择播种哪一粒。从古到今，没有一尊佛不是因为普度众生而成佛道的！也没有一尊佛成了佛就不再度化众生的。如此简单的道理，我们如果都没看懂，却还在影响身边的人乃至我们的孩子，通过各种自私获得财富名利，这难道不是在对他人的误导吗？如果我们执意如此，自然使传统知识、佛学文化黯然失色。罪过之事，切勿行之。

携手互度，众生前行，只要我们的心念正能量，只要我们愿意改变以前的负能量，闪亮自己，更为照亮他人，魅力自我，在时尚中完美培福，福便有增无减，亦能福寿绵长，我们的命运也会随之变得温暖、富有而幸福。古老而又悠久的文化也能在我们手中芬芳绽放，源远流长。

海阔凭鱼跃　天高任鸟飞

清晨
是一个希望
也是一个梦想
美好的心愿和善行
从这一刻开始起航

不管昨天的你
怎样低落
今晨的太阳
依旧升起
不管昨天的你
怎样困苦
你总会拥有
今天的希望

人生因有梦想
而充满动力
生命因为你的坚持
成就一种毅力
不怕每天迈一小步
只怕你停滞不前
不怕每天做一点点事
只怕你每天无所事事

请放飞你的心愿吧
请扬帆驶向你的梦想吧
海之辽阔等你去跃
天之高远任你飞翔

修行的心境

当你完全明白
看清了这个世界之时
又彻底地了解了
这个复杂的社会后
你还能够如实地对待它
心还是如此纯真
坚持着自然的善良
有着如如不动的定力
一切无有障碍的融会贯通
这便是传说中的修行功夫

纵然你看清这个世界
人间百态了然于心
有了这种禅定修行的功夫
将是无往而不胜
得到金刚般若的智慧

娑婆世界再复杂
离不开前尘后世的因果
离不开诸法因缘的生灭
空苦无常无我
最终涅槃寂静

原谅别人就是放过自己

有一种大智慧，就是学会每晚睡前，原谅所有的人和事。夜幕降临独处静坐时，过去的经历，就一件件从心里唤出来了，五味杂陈全都有。在那些无法忘却的记忆里，渐渐懂得了时光，渐渐明白了流年。

可是有的人，偏偏选择痛苦下去，怎么也不肯放下。这只会苦了自己，也连带你身边的人。闭上眼睛，清理你的心，过去的就让它过去，学会包容与原谅。

无论今天发生多么糟糕的事，都不应该感到悲伤。因为都已经成为过去了，纠结无用。一辈子不长，用心甘情愿的态度，过随遇而安的生活。不要徒增烦恼，你再烦恼就老了。昨日种种昨日灭，今日种种今日生。

改变思路和观念　才有出路

生活中遇到问题
你要有本领去解决问题
用实际行动去面对
最终才能解决问题

如果只会抱怨不止
或者只动嘴皮子
无论理由多么充分
你说得多好听
除了让心情更坏
让自己更生气以外
不会最终解决问题
更不会有人认为
你的抱怨和怒气是本领

遇到事情
与其抱怨生气
空洞地讨论
不如我们自己调整自己
勇敢地去面对
用实际行动为自己找出路
方为上上策

生活没有过不去的坎
哪怕上帝关闭了所有的门
也一定会给你留下一扇窗
而推开这扇窗的
绝不是怒气和抱怨
而是改变思路和观念后的
实际行动
如果能这样
就会迎来不一样的世界
并且活得潇洒自在

消我亿劫颠倒想　不历僧祇获法身

相信自己　一切皆有可能

人都是有惰性的
谁都贪恋暖暖的被窝
谁都想过安逸的生活
可是这样懒惰下去
不仅一事无成
就连基本的生存
恐怕也难以维持

在逆境中成长的人
最容易成功
因为他能把压力变动力
激发出自己的斗志
永不停息地拼搏
安逸状态下的人容易麻痹
不仅丢了努力和进取
也丢了动力和信心
如此颓废如何前行

人们最不容易忘记的
就是过去的成功
不忍放弃已经拥有的一切
舍不得安逸的生活
不敢向自己挑战
这样怎能有进步的成果

人生在世
会遇到无数个不可能
如果相信自己
那一切皆有可能
因为每个人身上都隐藏着
无穷无尽的潜能
恰当之时挖掘引爆
定会有所建树
取得令自己都无法想象的
不可思议的成就

如果你的心累了就回家吧

嘈杂的世界
纷扰的红尘
浮躁的心思
焦虑的情绪
你是否累得想回家
灵魂若是没有个皈依处
人生仿佛失去了方向

如果你的心
也和我一样累了
就请回家吧
我在这儿等你
如果你迷了路
那我告诉你
慈悲生处是家乡

感恩因缘
让你我知道
我们还拥有这里
在这里
盖世红尘飞不进
勉强称之
千秋万代法王家

请关上栅栏
沏一壶旧茶
烧一炷沉香
念一卷经文
吟一曲梵唱
让心静静地独处一下
可以回归本然

将此身心奉尘刹　是则名为报佛恩

心灵是一座美丽的后花园

除掉心中的烦恼
不是用蛮力
而是在心中播撒下
充满智慧的种子
来代替纷乱的烦恼

人生不如意事十之八九
去掉烦恼千千结
除却那些纷乱杂草
将慈悲充满大地
心灵的空间才会更广阔

心灵是一座美丽的花园
时刻都不要忘了清理
满花园尽是芬芳
生命必定会绽放出那
无比耀眼的光彩

心灵是一座美丽的花园
需要我们时时垦殖翻新
这个花园中有秽土也有净土
人生不可能永远清净快乐

心灵是一座美丽的花园
怎会没有杂草
想要花园美丽
就不能放任杂草丛生

心灵是一座美丽的花园
自己就是园丁
如果被杂草占尽阳光雨露
这花园就成了
人生困顿的围城

心灵是一座美丽的花园
及时除草修剪
营造和谐美好的内心环境
回到这里也能过自在人生

心灵是一座美丽的花园
努力辛勤起来吧
播种下真爱和智慧的种子
收获充实快乐的人生

爱与恨一念之间

爱与恨有多远
一念之间
爱时什么都可爱
缺点也可爱
恨时什么都可恨
优点也变成缺点

明白与糊涂有多远
一念之间
明白时
了然分明
糊涂时
事事分不清

是爱还是恨
是明白还是糊涂
智者如开灯
灯亮能破千年暗
无明者
烦恼困惑满心间

抱怨和仇恨
只是徒增痛苦
唯有放下执着
让自己清净
自然有觉照和光明
这便是佛光普照

知足感恩　幸福自来

你来到这个世界
所得到的
那都是上苍的恩赐
等到你离去时
还是要归还给上苍
就算你多么不舍
也于事无补

明知什么也带不走
为何不能简单地活着呢
一辈子不过匆匆数十载而已
名利都是身外物
唯有快乐才是自己的

要懂得感恩
少一点抱怨
多一些满足
你会快乐许多
放下名利负累
欲望才不会滋生无度
你的世界才会宁静平和
幸福快乐自然来

别让痛苦耽误你的一生

我们总是反复想着痛苦
无法真正放下它们
每当夜幕降临时
痛苦的记忆就冲进脑海
于是我们不断地懊悔烦恼着

也许一生就这样匆匆逝去
如此执着的结果
只能得到不断的伤害
痛苦只增不减
赶走了快乐的时光

其实更有意义的事情
是正面积极的思维
不去生活在碎片的记忆中
主动发现当下的美好
寻找解脱的善方法

别让痛苦耽误你的一生
可以先学着放空自己
释放掉那些负面的东西
好比清空塞满杂物的房子
让缕缕希望的阳光照进心间

能了世缘皆梦幻　安住菩提在心间

我自无心于万物　何妨万物常围绕

人生有顺境也有逆境
不可能处处是顺境
也不可能时时是逆境
人生有巅峰也有谷底
不可能处处是巅峰
也不可能时时是谷底

因顺境和巅峰
就趾高气扬
因逆境或低谷
就垂头丧气
都是浅薄的人生

面对挫折和困难
一味地抱怨和生气
永远是弱者的表现
要做生活的强者
学会随时来调整自己
努力使自己心平如镜

直面一切
提升自我免疫力
有伤能自我疗愈
转变思路和认知
学会以空对有
放下不该有的执着
努力做该做的事

既然事如春梦了无痕
我自无心于万物
又何妨万物常围绕
顺逆都了无可得
万事毕竟成空
又何苦自寻烦恼

满架蔷薇一院香

有一天你会明白
善良比聪明
更不容易做到
聪明是一种天赋
选择善良竟如此艰难
因为难才叫修行
所以在逆水行舟中
努力升起慈悲心来

学会让自己的心慢慢宁静
使混杂的思维澄净下来
减少欲望和执念
让自己定期归零
寻找生活中的禅
回归自己本来的当下

把每一天当作新的起点
遇到心情烦躁的时候
喝一杯清茶
放一曲禅乐
闭上眼慢慢梳理人和事
这即是一种修身养性
也是一种长期的修行

本善心定弃尘垢
为利众生攒资粮
草丛翠绿忘忧树
满架蔷薇一院香

心中有光明　总会见得到世外桃源

生活
就像一面镜子
你笑它就笑
你哭它也哭
有裂痕的镜子
怎么看
都无法
还原生活最初的样子

朋友
就像同行的旅友
业力使你们相遇
共同前行一段历程
让你懂得了什么是爱
这是最珍贵的慈悲
挥手告别
继续各自的旅途

家人
就像温暖的港湾
道不明几世的前缘
使我们血肉相连
无论你在外面经受多大的风雨
家人永远都张开双臂拥你入怀
使你疲惫的心灵回归大地的安详

世间
相遇的每一份缘
没有好坏
更没有对错
生死轮回变幻无常
相信一切都是最好的安排
心中有光明
总会见得到世外桃源

改变自己是幸福的关键

有些人
既看不清自己
也没有人生方向
既分辨不了好坏
也无法认清善恶
做事迷糊、主次不分

本事不大
脾气不小
做事眼高手低
这样的人生怎能没烦恼
事事又岂能顺利
更谈不上成功了

有本事的人
从来不在情绪上计较
只在做事上认真
没本事的人
却从来不在做事上认真
只在情绪上计较

多多思考人生
反省自己的内心世界
多多学习各种知识

戒骄戒躁
把身口意的毛病修干净
提高思想意识

若是不改变自己
岂能幸福
若是认识不到缺点
岂能改过
护短心内非贤
能面对自己的是智者
这样的人怎会不成功

崖前一坐　寂静终南

没有平坦的路　只有平静的心

人生如天气
有时阴有时晴
有时风和日丽
有时暴风骤雨

没有一条路笔直平坦
坎坎坷坷，兜兜转转
山长水远，柳暗花明

风起的时候静观落花
忧伤的日子举杯对月
静下来，静下来
烦恼不过是那么回事

没有一条平坦的路
就不要奢望一帆风顺
得失之间细思量
原来执着的是执着

想开，放下
左手挽起淡然
右手牵着淡泊
笑看世事变幻莫测

在有和无间计较
在得和失间周旋
荒废了好时光
这真的是划不来

没有平坦的路
唯有平静的心
以不变应万变
便得自在满胸怀

安全感是自己给的

喷泉之所以漂亮
是因为有了压力
瀑布之所以壮观
是因为没有了退路

水之所以能穿石
是因为有了目标
绳子之所以能锯断木头
是因为有了恒心

一只站在树上的鸟儿
是从来不会害怕掉下来的
更不怕树枝会断裂
那是因为
它相信的不是有人会救它
也不是树枝
而是它自己的翅膀

人生亦是如此
不要怕困难
不要怕坎坷
努力奋斗才有出路
不然无路可走

与其每天担心未来
不如努力做好现在
因为成功的路上
只有奋斗
才能给你最大的安全感

在北京唐卡研究中心瞻礼千年唐卡

我有一颗崇高的心

我有一颗崇高的心
它让我充满勇气
依照我的愿力去行动

就算暂时有困惑
或是卡在混乱的情绪中
我终将找到回归的路

生命有无限的可能
我想自由地塑造自己
为世界的美好而不断改变

我热爱这个世界
我的心给了我无上的力量
我也将为我的梦想而不懈努力

纵然被欺骗　也要保持善良

在这世间里
有时是没有对错之分的
只有因果轮回之苦
凡事计较太多必生烦恼

即便你付出
百分之百的真诚
也无须考虑
会收到何种方式的回报

而所有的一切
都会被吸引而来
因为一切皆是因果
更是宇宙规律

你只需默默地去做
不管在任何情况下
都别忘记慈悲和智慧
纵然被欺骗
也要保持善良

心中若有爱　一切皆是美好

人生如浩瀚的大海
有风平浪静
也有波涛汹涌
只要内心保持平静
再大的风浪也不会让你动摇
无论是站在红尘外静赏繁华
还是在尘世烟火中尝尽百味
我们都会多一份淡定与从容
在滚滚红尘生活中
拥抱属于自己的幸福
挥手告别烦恼和忧愁
无论你做什么
看一场烟花的绚烂也好
守一段细水长流的平淡也好
只要心中有爱
一切皆是美好

梵呗天籁　富贵华严

真诚供养您
三千大千世界的美好
恭敬您的慈悲
因您在我心中
是永恒的智慧
赞美您的善行
华藏庄严美丽的世界
海会云来集所有菩萨摩诃萨
恭敬献上
蒂青莲花
曼陀罗花
我要把这宜人的芬芳
串成美妙的花环
让灵魂深处散出来的香气
伴着清净的吟唱
梵呗中的天籁
华严字母
弥漫十方
结成香云
虔诚供养遍法界
世主庄严

成功到底是什么

不管你信不信
这世界上
最富有的人
是跌倒最多的人

这世界上
最勇敢的人
是每次跌倒后
都能站起来的人

而这世界上
最成功的人
是每次经历挫折后
不单单能站起来
还能够坚持走下去的人

人之所以成功
是靠坚持不断地学习
坚持改变自己
持之以恒永不言败

而这一切
源自你内心的觉
能自觉也能觉他
觉行圆满的人
才是真正的成功

2016年3月，于杭州天竺路与众弟子合影

活着活着　终于明白了

活着活着
终于明白了
面对所有的伤痛
只能倔强地自己扛

活着活着
终于明白了
只要内心强大了
在哪里都能生存

活着活着
终于明白了
除了父母
没有人能无条件原谅和包容你

活着活着
终于明白了
年龄越大离开的亲人越多
感悟生命的无常

活着活着
终于明白了
要学会原谅
身边的一切事与物

活着活着
终于学会放下
让那些舍得和舍不得
都随缘而生

活着活着
终于顿悟了
不再偏执和执着
学会理智客观地看待事物

活着活着
终于清醒了
知道了并不是每个人
都愿意陪你经历你的所有

糊涂和清醒是幸福的关键吗

活着活着
终于看透了
命里有的一定会有
命里无的不必强求

活着活着
终于看清了
再不去羡慕别人
学会把自己过得很好

活着活着
终于领悟了
佛陀的悲心
度一切有情众生
脱离苦海的宏愿

有人说
活得糊涂的人容易幸福
还有人说
活得清醒的人容易烦恼
我却不以为然
也要分情况

清醒的人看得太真切
容易较真
一较真便生烦恼
这无可厚非
可糊涂的人看不清真相
若是较真起来
那可是更烦恼
麻烦起来更严重

所以问题的关键
是出在心态上
心态好就计较得少
计较少就知足常乐
不论你活得简单粗糙
还是细腻真切
都是人生的美滋味

假如人生不曾相遇

假如人生不曾相遇
我还是那个我
偶尔做做梦
然后开始
日复一日地奔波
淹没在这喧嚣的城市里

假如人生不曾相遇
你还是那个你
偶尔驻足幻想一下
继续年复一年地忙碌
消失在茫茫的人海里

假如人生不曾相遇
我不会了解
这个世界
还有那样一个你
令人无比心醉

假如人生不曾相遇
你也不会了解
这个世界
还有这样的一个我
让你回味无穷

假如人生不曾相遇
我不会相信
有一种人
一认识就觉得温馨
有一种人
可以百看不厌

假如人生不曾相遇
我就不会体悟
世事的无常
纵然再好的感觉
也有消失的那一天

假如人生不曾相遇
我就不会放下
一心向佛
因为是你告诉了我
再相爱也有结束之时

假如人生不曾相遇
我就不会明白
爱是一切苦的根源
是你让我知道了
人生还有无量诸苦

感恩命运
让你我在此世界相遇
令我有机会体悟
感恩佛祖
点化我放下俗情
播撒着无私的大爱

假如人生不曾相遇
我还是那个我
偶尔做做梦
日复一日地奔波
淹没在这喧嚣的城市里

假如人生不曾相遇
你还是那个你
偶尔驻足幻想一下
继续年复一年地劳碌
消失在茫茫的人海里

假如人生不曾相遇
我们就不会体悟
世事的无常
纵然再美好的东西
也有消失的那一天

假如人生不曾相遇
我们就不会放下
一心向佛
是经历告诉我们
一切都有结束之时

假如人生不曾相遇
我们就不会明白
无明是一切苦的根源
生活让我们知道
人生还有无量诸苦

感恩命运安排
让我们在这一世相遇
有机会亲近佛陀
点化我们放下自我
利益众生播撒无私的大爱

2000年2月，于菲律宾马尼拉观音寺华严法会中讲开示

你若不来　我怎舍得老去

春天来了
你还没来
我舍不得老去
保持住我的青春
等你

夏天来了
你还没来
我还是舍不得老去
保持住我的青春
继续等你

秋天来了
你还没来
我依然舍不得老去
保持住我的青春
再继续等你

冬天来了
可是你还没来
我还是舍不得老去
坚持住我的青春
仍然继续等你

我守候在金殿里
陪伴佛前
只为与你相遇
告诉你寂灭之法
尽我所知

不论春夏秋冬
不管时光淌逝
你若不来
我怎舍得老去

你一天没来
我就一天等你
你千万个日夜不来
我就千万个日夜等你
一直等到那朵莲花开

行道

二

感怀师恩

18岁那一年,我在扬州高旻寺正式出家,拜德林老和尚为剃度恩师,法号无瑕。老和尚是一位名副其实的高僧大德。他经历过动荡年代,直至现在的和平时期,一直用功精进不辍。我们的这段师徒缘分很深。入寺后没过多久,我就做了老和尚的侍者,感觉冥冥之中这一切早就安排好了一样。看似风光的侍者不但要服侍老和尚,也要做很多杂事,洒扫寺院、洗刷马桶、出坡劳作、烧水煮饭……都是出家人的必修功课。

在老和尚身边服侍的日子久了,心里难免会生出荒诞的虚荣相。作为我当之无愧的导师,老和尚看出来了。有一天,我走在老和尚的身后,一起面对众多向老和尚俯首行礼的僧众,就在我心情浮游飘荡时,他当着大家,用"你跟着我干什么"这句严苛的怒喝,让我的颜面直落千丈,"啪"地掉在地上。那时,若是有一个小小的地洞,我都会毫不犹豫地钻进去。也因为这件事,老和尚助我抛去了留在我脏腑局促角落里的一丝业障,引领我的修持进入一个新境界。

还有一次,上完早课回来,实在是太困倦了,我就偷懒跑回房间小憩一下,不知不觉中睡着了,睡得死死的!这一觉好香啊,结果把工作耽误了。这下坏了!老和尚回方丈室来找不见我,看见茶室的卫生都还没有做,就喊我的法名,"无瑕!无瑕!跑哪儿去啦?"一边喊,一边直奔我的卧室而来。那一刻,我明明听见师父的召唤和脚步声，却动弹不得，心里急得很，像被重物压住了一样就是爬不起来，直到老和尚推开门才一骨碌坐起身。老和尚一边骂一边跺脚："小和尚你偷懒睡觉，不要你了，明天滚蛋。"呵斥完，一转身就招呼客人去了。客人们也都看见了我的一身狼狈相。哎呀，忍不住的泪水哗哗地流啊！我把门关好躲在屋里哭了好一阵。越想越委屈，难道师父不喜欢我吗？那一刻有点怀疑自己的选择了，难道我和高旻寺没有缘分了吗？为什么一天到晚地挨骂？既然这样不如一走了之吧。我一边思忖，一边收拾衣物包袱。不行！难道就这么走了吗？说实在话，真是有点不甘心！就在此时，隐约感到禅房外有一双眼睛在看我，这种感觉持续了许久，心中诧异，于是透过门缝向外看，这一看不要紧，顿时泪满心头，不能抑制。我看到了全世界最慈悲的目光！站在题有"方丈"二字的匾额下的老和尚，十分关切地注视着我的房门。啊！师父在磨炼我！在考验我的心性和忍耐力。此时百感交集，想起当初被选为侍者时师父曾说过："在我身边做侍者很辛苦。打不退，骂不退，就是佛祖的好宝贝。"我冲出门外，在师父面前顶礼痛悔，发愿此生向佛之心坚定不渝。至此，我也摆脱了如影随形、既熟悉又陌生的体相，任何险阻和阴骘都能从容面对，不再感到畏惧。

在高旻寺修行期间，我学了很多知识。老和尚亲自教唱念，从起"南无"腔开始，陆续教授了早晚课诵、法器敲法，还有我喜欢的《华严经》里的华严字母唱法。我不再执着于度众生时遇到的无意义的烦恼了，减少了很多痴迷的思想。6年的禅堂修行不敢虚度，每天欢喜地端坐在老和尚的近旁倾听受教，郑重其事地在心中反复操演一个个仪式，享受一生中最重要、最受用不尽的时刻。

如果说母亲的离去带走了我的童年欢乐，那么这段经历则为我日后用梵呗音乐弘法注满了甘甜和幸福。以此为契机，我迎来了生命中最重要的第二位恩师。2004年，我受弘法寺邀请，担任维那打华严七，从教华严字母开始，到后面的法会，一气呵成，反响热烈！2006年有幸拜在本焕老和尚的座下参学，以"万事要会而不用，不能用而不会"赐予法号"印能"，望我印能源成。自此，法号印能一直沿用至今。在弘法寺6年间，只要老和尚出场传法讲开示，就都由我担任维那。我也得以亲近老和尚，学习《普贤菩萨十大愿王》，这对我是一个重要转变，让我的心一次次徜徉在植满莲花的佛门净土，思绪清新舒畅。期间的参学未觉两手空空，难言的感激直抵心田。我在弘法寺一共做了7次华严法会维那，老和尚总是非常慈悲地呵护着。也正因为有老和尚的加持，每一次诵经人数都达到1000人以上，个别时候超过2000人次。这在全国乃至全世界都是稀有、难逢的。也正因为如此，弘法寺的华严法会成为全国寺庙效仿的模板。如果说教我成长的是德林老和尚，那么成就我做弘法利生事业的就是本焕老和尚。二者我做了一个生动的比喻，一个是严父，一个是慈母。

在弘法寺，不仅仅是学习法理和做弘法之事。而且在唱念上，更有了质的飞跃。恩师本焕老和尚的唱念，那也是天下闻名。而我得以在恩师身边耳提面命，近水楼台先得月式的学习，让我感觉提升的速度，那简直就是飞跃！恩师 100 岁时，亲自教我呼唱钟声偈，唱千花台上卢舍那佛，太幸福了！只可惜当时录下来用的手机不知道丢在哪里了！恩师一辈子持诵行愿品，奉行普贤菩萨精神。每次请问，都耐心地讲解，让我形成了一个讲解十大愿王的系统程序。分纲分科判教，深入浅出地分析法理而又不脱离生活。深深地理解了"不为自己求安乐，但愿众生得离苦"的大乘菩萨思想。恩师的德行深厚无比，如果问《华严经》里讲得无分别、信不退、慈悲智慧，谁做到了？我认为就是恩师了！在弘法寺的时光，令我终生难忘。每一个角落都有恩师的影子和音容笑貌。每一次回去，都充满了回忆！就好像在昨天。想着想着，不知不觉中露出了笑容，不知不觉中流下了眼泪。不论怎么样，这些都是人生中最宝贵的经历！

如今两位恩师已经先后涅槃几年了。作为不肖弟子的我，未有丝毫忘记，非常想念！对我来说，我只有秉承着他们给我的菩提心，继续走这条没有尽头的弘法利生的路，才是对师恩的最好的报答！愿天下高僧大德都长久住世！愿佛法兴旺发达！愿佛光普照大地！愿佛日增辉法脉绵长！愿风调雨顺国泰民安！愿世界和平人民幸福！

受苦是了苦　享福是消福

受苦是了苦
哪里有苦
哪里就是离苦的上妙之地
所以不要怕苦
那是佛陀送给你的礼物

享福是消福
哪里享福
哪里就是停滞不前的温柔乡
如冷水煮青蛙一样
在不知不觉中
慢慢地你就被煮熟了
那时一切都晚了

所以别浪费福报
懂得珍惜福报
以福培福
就如你的银行里的存款
花一分少一分
永远要钱生钱
修福培福也是这个道理！

生活就是你的道场

生活是一场
彻头彻尾的修行
任何时候都是成长
无论什么经历也都是考验

没有磨砺
我们怎能变得坚强
没有离别
我们怎知道聚的喜悦
没有苦
我们怎知道什么是甜
没有失去
我们怎懂得拥有时珍惜
没有缺憾
我们怎会领略完美的含义

苦乐离合，留一颗佛心
花开花落，留一份珍重
一路走过
一路喜乐
一路菩提花开

千般过往　唯有放过自己

人生一世
转瞬即逝
千般过往
万般事物
唯有放下才是智慧

但许多人
不放过自己
也为难他人
如何放过自己
如何敞开心胸
不让自己心智沉迷
不让自己顾此失彼

这就需要时时觉照
及时调整降伏自心
别疏远心与灵魂的距离

人
最应该放过的是自己
最应该放下的是执着
清理你的人生
给你的人生做减法
就是放过自己

经营好自己
爱满自溢
精神上富足
才能更好地给予爱
人生才能赢得圆满……

上殿示闻钟鼓响　过堂哪觉菜根香

众生难度度众生

魔是什么
魔就是来成就你的
没有哪尊佛
不经过魔的考验就成佛

困难是什么
困难是来成就你的
没有哪尊佛
不经过苦难就成佛

更不要怕众生难度
众生是来成就你的
没有哪尊佛
不是因为度众生而成佛

生命犹如一场旅行

每个生命
来到这个世界的过程
都是一场旅途
只要你的心够静
就会听见花开的声音
会看见花绽的容颜
也会看见
花落花谢的悲凉

我们若能拥有
时时觉悟的当下
从容淡定的心境
定慧均等地走
一路经历着
一路感悟着
一路懂得着
一路感恩着
处世平常心
如此
生命中美丽的花朵
永远绽放
那便是你的自在禅心

应无所住　而生其心

人在生活中
想要有进步
就要不断地成长
成长离不开觉照

要知道
纠结过去
不如展望将来
觉知当下的每件事了然分明

过去心不可得
过去事不可忆
更不可种下新烦恼的因

生命只能前行
在那些经历的故事里
注定你的积淀
成为生命中的一种厚重

道在心心念念
直面内心的起伏
觉悟当下
即是应无所住而生其心

迷悟就在一念间

疯子从来不说自己疯
醉汉也从来不说自己醉
迷惑的人也从来不知道自己的迷

假如疯子知道自己在发疯
基本上也就快清醒了

如果醉汉知道自己醉了
那么他离酒醒也就不远了

当我们觉知自己在颠倒迷惑
那么距离开悟也就不远了

疯与不疯
就在一念间
醉与清醒
也在一念间
迷与悟
还在一念间

自性若悟　众生是佛

燃一支沉香
缥缈的烟云可否出离

奏一首古曲
百转千回间能否淡然

泡一杯清茶
浓与淡对比是否了悟

捧一卷经书
白与黑相应是否超脱

自性若悟众生是佛
自性若迷佛是众生

万般带不去　只有业随身

曾经追逐过梦想
也享受过成功的喜悦
但繁华三千过后
留下不过是唏嘘而已

不经过内心强大的自省
怎么了悟你最想要的是什么
有些人做个梦都可以觉悟
而有些人可能一辈子都在迷失

不要拒绝倾听内心的声音
人生就是个接纳自省的过程
接纳自己和别人的缺失
接纳有些人来也接纳有些人走

往事如烟云，光阴如过客
是非成败转头成空
人最终都将归于大地
万般带不去只有业随身

错过了 就放下

无论什么
只要错过
那就放下
挥手说再见也不必

祖师大德说
昨日种种昨日灭
今日种种今日生
前念一过就是过去
后念一生就是现在

当下的你没抓住
那就意味着
你跟它无缘
赶快朝前走
后面有精彩在等你

佛度有缘人

有些人认为
佛菩萨不是无缘大慈
同体大悲吗
为什么只度有缘人呢
是不是有分别心
只救好人不救坏人
只救亲的不救疏的
当然不是

佛度有缘人
并不是佛舍弃了某些众生
而是佛只能度化那些愿意被救度的人
就像你想要晒太阳
要到室外或者打开门窗
让阳光能够照到你
如果你不愿意
总是把自己包裹在黑暗中
无论外面阳光多么灿烂明媚
和你也没有关系

相信佛的人
愿意被佛菩萨救度的人
佛菩萨的加持力自然而然会进入他的身心
所以我们要想尽办法与佛菩萨结缘

天寒地冻　蒲团暖坐　远望雪山　心念花开

我恭敬这样的人

即便你有上天入地的本领
翻手为云，覆手为雨
精于世事，运筹帷幄
这都还不是终极的目标
大家不会因此就佩服你

但如果你可以转化这些力量
让所见到的孤儿
得到居所和温饱
受到良好的教育
让更多的老人
都老有所养
得到临终信仰的关怀
让生活还不富裕的地区
需要帮助的病人
都能够得到更多的关爱和救护
让一切众生听闻佛法
精进不懈地修行
这样的人才真正让人信服

众生学佛　不愚不痴

学佛，皈依佛。皈依佛者，皈依觉也，觉而不迷。佛，是人修道最高果位的智慧导师。是在人生修行内心的偏执愚痴走向开悟的一条光明之路。

学法，皈依法。皈依法者，皈依正也，正而不邪。法，是解脱轮回最究竟的慈悲之道。是佛在引领修行者永离苦难和无明必经的方便之门。

学僧，皈依僧。皈依僧者，皈依净也，净而不染。僧，是用团体的力量使人修行的同道之友。是菩萨慈悲示现给众生的清净觉者和同修者。

三皈依：
皈依佛，两足尊。
皈依法，离欲尊。
皈依僧，众中尊。
皈依佛，不堕地狱。
皈依法，不堕饿鬼。
皈依僧，不堕旁生。
自皈依佛，当愿众生，

体解大道,发无上心。
自皈依法,当愿众生,
深入经藏,智慧如海。
自皈依僧,当愿众生,
统理大众,一切无碍,和南圣众。

皈依本质:
它是一种"除佛外,无究竟导师";"除法外,无真实道路";"除僧伽外,无他伴可同行法道的认知"。皈依的根本乃在于虔诚与慈悲——对佛法僧三宝充满虔信,并以慈悲祈愿一切众生都能脱离痛苦。

皈依功德:
(一)常遇佛法,趣入内道。
(二)昔作恶业,皆悉清净。
(三)不堕恶趣。
(四)获无量善神庇佑,不为人与非人等障碍所损。
(五)一切所作,皆得成办。
(六)常具广大福德之因。
(七)能作法师,为众所依。
(八)速证菩提。
皈者归投。依者依托。如人堕海。忽有船来。即便趣向。是皈投义。上船安坐。是依托义。生死为海。三宝为船。众生皈依。即登彼岸。

众生学佛,不愚不痴
众生学法,不偏不执
众生学僧,不污不浊

无锡拈花湾与众佛子开心一刻

佛缘

第一次听闻佛音
那是你累世的佛缘
在这一刻因缘具足
也是你前世播下的善缘之甘果

第一次诵读经文
那是你宿世的迷障
在这一刻打开了觉知之门
也是你此生行善积德之福报

第一次合十顶礼佛像
那是你已将纷乱的心念
在这一刻轻轻抛在身后
也是你人生臣服真理的起点

第一次走进皈依的佛堂
那是你已将红尘苦难放下
在这一刻回归清净本性
也是你修行成佛之路的开始

无数次的合掌顶礼
无数次的念诵受持
你的善行必令诸佛生欢喜
你的菩提心定感龙天降吉祥

佛与众生时刻爱护你
好男儿志在六度万行总持
不为自己求安乐
但愿众生得离苦
生生世世不退转
直至众生度尽时

一切恰好　不负当下相遇

行至一处，清净祥和
亭台楼阁，树影婆娑
是大德长者发心布施的善果
我能到此也是累世机缘的具足

我可以做什么
或许，做一棵树
予行者一片栖息的荫
或许，做一条小溪
予纯净甘甜的溪水
请行者解渴

或许我并非是我
也可能匆匆路过
或许我就是我
停下脚步
感受来自天上的妙音
放下心中执着的念头

一切恰好
不负当下相遇
施与受，皆是福

识得家中佛　从此得安乐

父母也是佛
每个人家中都有两尊佛，
就是父母。
若不孝顺，修法无意义。
孝顺与佛性，是一个整体。
孝者，顺也。
顺者，
顺父之意；
顺母之意；
顺道之意。
三者融合，
是为宇宙天地大纲。
家中有尊佛，
心贪识不得。
拜尽千山庙，
半分无福德。

得知轮回苦，
怎能蹈覆辙。
重拾恭敬心，
孝心养仁德。
众生仰弥陀，
孝顺众生和。
归于自性德，
从此得安乐。

道念若同情念　早已成佛多时

人的情念都太重了
重到不能自拔
以至于深陷泥潭
苦恼不得出离
还乐此不疲

假如你用对待情念之心
来对待道念
相信情况大不相同
或者你能把世情
看得淡淡的

平等对待一切亲友、怨家
视一切众生平等
视人饥如己饥
视人溺如己溺
并且不犯五戒

常发菩提心
就可与道念相应
亦可立地成佛
故古人曰
道念若同情念
早已成佛多时

念佛回家

身于庙门过，佛在心中坐。
谦卑恭敬心，不容有蹉跎。
道心不动摇，离心念念起。
敬畏因果律，勤正随缘矣。
娑婆本师慈，劝君念佛勤。
弥陀忙接引，九品度垢身。
生至极乐国，阿惟越致根。
自此了生死，反本即归真。

爱向苍天　善行人间

诸余罪中，杀业最重。诸功德中，放生第一。

放生是救命的行为，功德非常大，不是其他小善可及。生命的珍贵，时时刻刻提醒着我们去领悟自己这颗慈悲的心。真正的强者不是任意随心伤害比自己弱小的生命，而是珍惜保护他们。就像佛陀大雄大力却展现着天下最大的慈悲。

何谓有道德的行为？就是绝不伤害生命。在世界的每个角落拒绝杀生的人越来越多。英国披头士乐队保罗·麦卡特尼曾经说："我们不吃那些为了我们而被宰杀的动物。在经历了那么多世事之后，我们现在非常珍惜生命。" 俄国作家托尔斯泰也说过："一个人如果向往正直的生活，第一步就是要禁绝伤害动物。"

春天到来了，一个充满生机的季节，生命正在孕育。放生就是积极地救赎生命，放生就是觉悟。世界上最大的恶业莫过于杀生害命。反过来说，世界上最大的善行功德莫过于戒杀放生。佛说：万物生。让我们一起重温下面这首经典的小诗，在这个美丽的季节一同感悟生命的可贵。

劝君莫食三月鲫，万千鱼仔在腹中。
劝君莫打三春鸟，子在巢中待母归。
劝君莫食三春蛙，百千生命在腹中。

2016年8月，于钟南山古观音禅寺斋堂教梵呗唱念

止语是一种高尚的修行

古人有句话
若能闭口深藏舌
便是安身第一方
这是说在没有具备圆满前
做人做事所应该注意的问题

假如你能够做到
不说人是非
不说人长短
不说人间杂话
你的命运就会非常好

止语是一种高尚的修行
但没有道的人根本做不到
修行正法时间都不够用
哪有空去闲谈
闲谈容易导致心散乱

即便你可以同时进行
杂有绮语诵经修一年
也不如禁语诵经修一月
散乱心不容易入道
学佛共修做人须谨记

善良的佛心不能丢

人生的路
漫长又遥远
不论是人生的巅峰
还是失意的低谷
不管你是在做人生的加法
还是在做减法
有一样东西不能丢
那就是你善良的佛心

善良是一切优点的基石
就算山穷水尽
只要有它在
也能东山再起
哪怕生意暂时的不如意
只要有它在
你就有精神的力量从头再来
所以不论任何时候
善良的佛心不能丢

我愿意做一滴水

我愿意做一滴水，
让心灵肆意欢歌。
不论我滴到哪里，
融化我来成就你。

我愿意做一滴水，
将慈爱流到人间。
让生命得到尊重，
世界就会更美丽。

我愿意做一滴水，
将它融化进你心。
让我尽一己之力，
一心一意圆满你。

你我相融上青天，
升华无我变云雨。
化作滴滴甘露水，
滋润慈悲善良芽。

不论滴到江湖海，
还是水洼和沼泽。
尽我一己之力，
守护世界祥与和。

这一世我是来看你的

这一世我是来看你的
带着满满的爱
不想再挑剔你的毛病
不想再抱怨你做事不周
你的缺点让我感到真实

这一世我是来看你的
带着满满的慈悲
虽然我们还在六道中轮回
但感恩菩萨让我们再次相遇
让你成为我的亲人和朋友

这一世我是来看你的
带着满满的智慧
只想珍惜这短暂的相聚
释怀不完美的今生
生活中的烦恼已无须挂碍

这一世我是来看你的
今生与你相见
是我前生在佛前许下的誓言
这一切都是我的福报
心中充满了欢喜与感激

2017年5月，为云居山真如寺录制佛曲《出坡》

鸟随鸾凤飞腾远　亲近贤良品自高

你交往的人
如果比你优秀
你尽可以放心交往
因为优秀的人散发正能量
时时刻刻在带动着你

你交往的人
如果比你有德行
你要尽量与他结成团队
因为厚德载物
你的前途将无量

你交往的人
如果比你有智慧
你尽可安心与他同行
相信智慧能照亮未来
你的人生将会闪亮无比

你交往的人
如果生命比你有质量
你可用心与他成为知己
生命有了高度与宽度
你将有可能成就不凡

亲近良朋
与智者同行，与善者同路
听智者声音，与善者为伍
就如同在雨雾中行走
即便不湿衣也时时有润泽

为活着的每一天喝彩

生命是一个经历
一个神奇的经历
说长不长，说短不短
可是时光却一去不复返

生活就像登山
登到山顶就会发现
下山路就在眼前
而且下坡总比上坡快

如果不去好好地把握
有可能就会荒废了
将来到了离开那一天
就充满了虚度光阴的后悔

所谓不在乎天长地久
只在乎曾经拥有
拥有过律动的生命
见过美丽的彩虹
经历过风风雨雨
就没有理由去惧怕什么

只要活着
就认认真真过好每一天
只要活着
就没什么好抱怨的
只要活着
就珍惜每一寸光阴
保持一颗平常心
充满着感恩
就能生活得充实而快乐
只要活着
就要为每一天喝彩

轻装上路　前途无限光彩

人生总要面临
很多次的选择和放弃
想要学会选择
就要先学会放弃

放弃不是为别的
是为了更好地调整自我
充分准备好心态
更好地向着目标前进

如今的社会
竞争日趋激烈
生存压力越来越重
每个人都身不由己

生活中有太多这样的人
追求得太多
总是过分地看重眼前
一味地追求
结果失去了长远的利益

而有长远目光的人
看准了格局
能毫不犹豫地舍弃小利
可换来的是人生的大胜利

今天的选择或放弃
都是为了明天
放弃与否都是智慧的决定
这是发展的必经之处
你能轻装上路
你的未来就有无限光彩

2014年春，于北京西山八大处佛牙舍利塔下献唱梵呗

苍茫宇宙、浩瀚星海中与小沙弥对话问禅

请给我们的欲望减减肥吧

沮丧往往是因为
得不到自己想要的东西
苦恼往往是因为
实现不了自己的期望

人们每天都在奔波忙碌着
都在幻想填满心中的欲望
可是这欲望的沟壑
却越来越深

谁都有欲望
都想过幸福美满的生活
都希望丰衣足食
这是人之常情

可是如果欲望过了度
变成无止境的贪婪
被贪婪牵着鼻子走
那就变成欲望的奴隶了

在欲望的驱使下
为了权力和金钱
削尖了脑袋拼命往里钻
往往弄得遍体鳞伤

常常感到自己非常的累
非常的累
在无奈中透支着
透支着精力与生命

静下心来问问自己
有什么目的
非让我们实现不可
又有什么东西
值得用宝贵的生命去换呢

而许多人却是
为了想得到更多的
却把已经拥有的也失去了
得不偿失

世界的美丽无处不在

无尽的欲望
只会让我们失去更多
获得不了自己真正想要的
是否该让欲望减减肥了呢

别再让那些
不必要的贪念
再支配我们的生活了
不然会让我们
在不经意间错过了
生命中的精彩

世界的美丽无处不在
只是看你能不能发现
生活中智慧也是无处不在
而缺少的是明师指路

主动地去感受生活
美好自然迸发出来
不必在意那些不愉快
放下肯定心安自在

无论对人还是对事
假如你能多一分耐心
付出的善意不求回报
人生都是好境界

四月是个美丽的季节
春雨滋润大地
百花盛开吐露芬芳
安静地走在小路上
只要你和谁都不计较
无论遇到什么
都无法惊扰你内心的宁静
也动摇不了你坚定的信念
世界将会因你更美好

修行是什么

修行
就是认识自己的过程
在生活中修正自己
反思自己的一言一行
这些都会让我们更加了解自己

修行
就是管理好自己的情绪
处事波澜不惊
和谐地与环境相融
宽容地与亲朋相处

修行
就是让自己简单起来
内心充满快乐
并传递给他人
自己也会倍加欢喜

修行
就是让自己慈悲起来
内心蕴藏智慧的力量
把温暖带给最需要帮助的角落
对一切众生充满关爱

如果能如是渐增善法
你想不幸福都不行
所以修行是什么
就是让自己变得更优秀
使生命中处处充满善法
命运从此就会顺利无比

2014 年冬，于峨眉山顶拍摄 MTV《微妙佛音》

不期而遇的美好生活

你想要的答案
生活总会给你的
但不一定很快就告诉你
你需要的是等待

其实
岁月是一棵纵横交错的巨树
而生命
是其中飞进飞出的小鸟

如果哪一天
你遭遇了人生的寒风冰雨
你的心已经不堪承受

那么
也请你等一等

要知道
这棵巨树正在生活的背风处
为你营造出一种春天的气象
并一点一点靠近你

只要你努力了
回报不一定在付出后立即出现
只要你肯等一等
生活的美好就会不期而遇

你可曾遇到这样美丽的菩萨

有这样一群美丽的菩萨
在你最需要照顾时
她们寸步不离
在你疼痛难忍时
她们日夜守护

每一次相遇
都绽放出温暖的笑容
每一次危难
都会毫不犹豫挺身而出
视我们的生命健康为己任

她们给予我们安慰和信心
鞠躬尽瘁
付出灿烂的青春
却从不和你谈论她们的心酸
南丁格尔是她们的骄傲

她们的精神一代一代传承
从战火纷飞的前线
到海啸地震的灾区
每一个秀丽的身体里
都是最为坚强勇敢的心

她们牺牲休息和娱乐的时间
徘徊在深夜的走廊
只为听到你恬静安稳的呼吸
在这个特别的日子里
感恩赞叹这些美丽的菩萨们

反复弄虚空

有的人
被纷乱的脚步踩碎了梦想
有的人
被嘈杂的声音泯灭了平和
还有的人
被无止的欲望充斥了内心

人们急功近利地东奔西跑
劫掠般地到处赢取身份地位利益
总渴求着一步登天
幻想着巨额大奖忽然就在眼前

可是生活所有的一切
却如同煮沸了的水
用蒸蒸白汽宣告自己的精彩
却于一瞬间消逝得无影无踪

忙活了一辈子却成了梦幻
无可奈何花落去
如烟云，如流水
空悲切却无法度愚蒙

地老天荒后
好似魂飞烟霞中
一路云水上求下化
效圣贤示现一往还
唯有一心愿
应使世间痴
沉迷尽皆醒
静中无个事
又在反复弄虚空

心疼陌生人的瞬间

最早在网络上看到这句话"心疼陌生人的瞬间",立刻被它吸引。多么玄妙智慧又富有同情心的话呀!谢谢最早想出这句话的施主。共鸣、悲悯、柔软,各种美好的感情从心底涌出。功德无量。

我们的生活充满酸甜苦辣,每个人都很不易,你有没有心疼陌生人的瞬间?那一刻心中都是慈悲。也许为拾荒的老人动容,也许牵挂着素不相识患病的幼儿或是失学的儿童。愿每一份心酸都有人心疼,冷漠都被温柔替代。

其实我们的内心非常柔软善良。心疼陌生人的瞬间忘记了自己的烦恼与痛苦,内心默默地送去祝福和鼓励。仿佛有一条看不见的纽带联系着大家,让我们感到平等与尊重,他们就好似我们手足一样的亲人。

你也可以感受到那些让你心疼和被触动的瞬间。我们一起诵经为众生祈福,关心他人,奉献自己的爱心。让世界充满温暖,不让一颗心感到孤单。南无阿弥陀佛。众生平安喜乐。

一钵千家饭　孤僧万里行

慎独是一种修为境界

生活中有很多诱惑，而这些诱惑大部分在自己独处的时候更有魔力。"慎"就是小心谨慎，随时保持警醒。"独"就是独处，独自行事的时候。慎独，即当自己一个人的时候要谨慎，思想上莫有邪念，精神上不能松懈。有人监督或者自己独处时，言行品德应始终如一。严格管理自己的内心，不靠别人监督，也能自觉控制自己的欲望。

慎独是一种修身，慎独是一种良心的坦荡，慎独是一种自强之道，慎独是一种守身之本。在无人监视的情况下，能克制住不良的思想与行动，坚持做好事，不做坏事。把自己的思想提纯到全无邪念、心善为乐的境界，使思想与行为举止纯然一体。慎独讲究个人道德水平和修养，看重个人品行和操守，是个人风范的最高境界。《中庸》有这样一句话："莫见乎隐，莫显乎微，故君子慎其独也。"意思就是，一个人在失去监督的情况下，更应该谨慎小心，洁身自好自觉遵循法律与道德的约束，不要抱着侥幸心理做坏事。天下熙熙，皆为利来；天下攘攘，皆为利往。诱惑无处不在。慎独，是面对美色的坐怀不乱，是面对不义之财以不占为本、不贪为宝。

财富可以装饰房屋，品德却可以涵养身心，使心胸宽广而身体舒泰安康。所以，品德高尚的人一定要使自己的意念真诚，表里如一。内心的真实一定会表现在外表上。高尚的人哪怕是在一个人独处的时候，也一定是谨慎的，知道有所为、有所不为。

爱的力量

我们知道有重力、磁力、各种力。但爱其实是世界上最强大的力量。不过，很少人真的会深刻地思考它。爱的力量远远超过大自然的任何一种力。用心，用智慧的双眼去观察，其实世界的各个角落都可以看到它力量的实证：没有爱，就没有生命。

思想家和宗教领袖们所谈论的爱，和我们一般人理解的俗世之爱非常不同。他们所谈论的爱不是一种感觉，而是一股正面的力量。它超越爱家人、爱朋友和喜爱某个事物的那种感觉，是对众生的慈爱与悲悯。爱是所有正面和美好事物的起因，缺少爱就会引起一切负面情绪和内心的痛苦。

我们对于爱的力量还缺少认识和更深刻的感悟。佛陀便是爱的化身，是我们心灵的导师，引领和激发出每一个人内心爱的力量。这种正面力量的汇集将是不可思议的。大雄大力大慈悲，说的就是这种宇宙间神秘的力量。它让我们不断地进步，繁衍生息。获得爱的力量，去爱众生，就是我们修行的方向。

用幸福秘诀拥抱世界

人类千年的文明史里
写满了幸福的秘诀
心态好是最核心的一个
它是慈悲智慧完美的结合

好的心态
可以使你乐观豁达
好的心态
可以使你脱离苦难
好的心态
可以使你淡泊名利
好的心态
可以使你如沐春风

想过上真正快乐的生活
想要做一切事情都顺利
想要接人待物心定不乱
想要修行修到菩萨境界
那就保持一个良好心态

做人靠什么
一个好心态

做事靠什么
也是一个好心态
修行修什么
更是修一个好心态

保持积极又阳光的心态
是获取健康和财富的基础
同时也会让你处处好人缘
让你的世界充满幸福

生活中最好的修行

修行就是宽容
容得下别人的中伤
忍得住困苦的折磨
放得下挽留不了的美好

心里放不过自己
是没有智慧
心里放不过别人
是没有慈悲

沉淀一点智慧
放自己一条生路
包容别人的过失
给别人一点宽容
用智慧的心看待世间
用善良的心成就美好
用宽容的心接纳现实
用真诚的心对待自己
就是最好的修行

放下放不下　冰火两重天

人生两条路
一条是想开
一条是想不开
想不开很平常
想开则是智慧

人们总是太多小聪明
而且把自己囚禁在灰暗的过去
总需要他人来关心自己
其实是你心灵上蒙了灰
那又怎么能看得见光明

假如你不肯放下
装了抱怨就装不下宽容
装了仇恨就装不下感恩
装了痛苦就装不下幸福
装了泪水就装不了微笑

唯有放下不该有的执着
才能平息暴躁的情绪
不要再去精心豢养
内心那条愤怒和不甘的毒蛇
不再被这条毒蛇咬噬
你才能拥有平和喜悦

心动更要行动

心动不如行动
虽然行动
不一定会成功
但不行动
一定不会成功

生活不会因为
你想做什么就给你结果
也不会因为
你幻想什么而给你回报
而是因为你做了些什么
才有结果和成就

一个人的目标
是从梦想开始的
一个人的幸福
是从心态上把握的
而一个人的成功
则是在行动中实现的

三藏十二部倒背如流
可是就不肯照着做一点
纵然经过无数劫
也是大凡夫一个
想和做要联合起来
而且不能懒惰
要有行动才有机会成功

无上清凉 一路散清香

纵然你有红颜
百劫千生的陪伴
亦难销万古情愁
翠绿青峰顶
万重山外山
晚霞寂照星夜却无眠

如梦如幻的大千世界
浮现天籁之音
一曲终
唱尽悲欣交集
夕阳映射天外天
梅花清幽处
独立却春寒

红尘中写满
无上清凉
在寂静里面
透出光明
却又在默默地
默默地照亮世界

你行如风
恰如一骑飞跃绝尘埃
空谷唱绝响
悠悠静默谁倾听

花开遍大千
必定心清净
临绝境却峰回路又转
但凭净信出乾坤
恰似如梦初醒后
自在归途山水间

静默翠峰里
行尽天涯路
倾听晚风吟古曲
轻轻拂柳
看远处烟花烂漫

破钵芒鞋随缘化
春雨又寒勘道情
戒行坚勇直向前
独自一路散清香

于四川成都大慈寺感受昔日玄奘法师遗风

温暖别人　照亮自己

每个人都渴望
得到别人的爱
却往往只是索取
却不愿意付出

菩萨道里有句话
爱出爱返，福往福还
从不知奉献爱
何来别人关心与爱护
不种善因
何来福果

爱是一束光
温暖别人的同时
也会照耀你自己
施与受同样喜悦

关爱是一种能力
冷漠只会让爱消亡
感恩每一种相遇
用感恩的心看世界
世界会很美好

我们与灵明觉性一路同行

喜欢与阳光的人在一起
是因为你有正能量
喜欢与温暖的人在一起
是因为你心中有爱

喜欢与智慧的人在一起
是因为你能指引迷途
喜欢与慈悲的人在一起
是因为你有一颗善良的心

负面的情绪
会让人陷入枯竭的深渊
没有心灵营养的对话
令人既丧志又情绪低落

辨识正负能量缘
亲近乐观积极的善知识
拒绝猜疑抱怨
强健身心

感恩那些积极乐观的人
生活中都是绚烂的彩虹
我们与灵明觉性一路同行
传递对生活的赞美与热爱

阳光温暖大地　风中自有花香

曾经的无助与彷徨
偶尔还有淡淡的回忆
时光却没因它而停下
一切都在继续

生活在激情与平淡间
辗转浮沉
人生在梦想与现实间
和谐共存

学会适应
让你的环境变得明亮
学会调节
让你的心情不再忧郁
学会宽容
让你的生活没有烦恼
学会奉献
让你的生活充满阳光

世界癫狂　我心优雅

人生在世
难免会有烦恼
在问题出现的时候
一定要控制好自己的情绪

千万不要发火
更不要偏激
不要说过激的话语
真的要懂得忍耐

其实，忍耐呢
不是让你不去处理问题
而是在情绪失控时
避免做出让自己后悔的事

慢慢地你就会知道
在生活中
真的没有什么事情
是可以丢掉礼貌和修养的
人品和格局更是宝贵

不论世界再怎样癫狂
我的心要保持优雅
势必将正能量
传递到底

守住自己最初的善良

别人的思想行为
你是无法去控制的
但你可以用一颗淡然的心
微笑着去看一切纷扰

只有心静了
才能听到万物和谐的声音
只有心清了
才能看到万事万物的本质

有时候修行
就是沉淀自己内心的过程
沉淀到能够静观一切
不论事态变迁
心依然慈悲喜悦
沉静中透着智慧光明

有时候别把生活
当成战场
无须争论
更无须彼此一较高下

把生活比喻成道场
却是最最恰当的
历境修行从容不迫
坚持守住你的道心

随缘不变不变随缘
不论世界怎么变
你心定不动
守候你最初的善良

2014年3月，普陀山一景

走自己的人生路

很多事值不值得做
并不是取决于别人
别人怎么看怎么说
那是别人的人生
并不是你的

他们再有阅历和经验
有很高的智商情商
也不能代替你做出判断
更不能替你选择

因为很多时候
别人眼中微不足道的事
在你看来
却有可能是无比的重要

所以一切的选择
都需要你自己做主
选择的结果也是自己承担
无论好坏

一件事的做与不做
不是问别人
而是问自己

即便有些事做了也无成绩
但不做会不心安会遗憾
那就勇敢去做
落个问心无悔

走自己的人生路
活在自己的岁月里
看自己身边的风景
喜悦也好
悲伤也罢
都自己去体会

迷茫也好
焦虑也好
都自己去忍受
做眼前摆着的事
不去别人的生活里
随意地指手画脚
也不被别人轻易影响
走自己的人生路

用微笑来面对世界吧

发自内心的微笑
可以化解怨结
你给世界一个微笑
世界就会还你一个拥抱

发自内心的微笑
可以安慰需要帮助的众生
在绝望中给你信心
可以释放所有的消极

发自内心的微笑
可以令你开心快乐
能结缘志同道合的朋友
让你的事业顺利

发自内心的微笑
那是你内心的写照
素质和涵养的展现
更是一个修行人的功夫

微笑是智慧
微笑是布施
微笑是使者
微笑是良药

内外皆秀的你
不要让人难以接近
微笑是你的秘密
制胜的秘密
快用微笑去面对世界吧

请善待自己

所有的相遇
都是曾经的生死别离
所有的生死别离
都是曾经的相遇

花开花还谢
潮起潮又落
开始就是结束
结束又是开始

不必烦恼什么
一切都是那么的自然
感恩命运里有你
也有我自己

亲爱的你
请好好善待自己
每次的生灭都很短暂
请珍惜身边的一切

人生如一场梦
生活全靠一颗心

只要心态不老
只要信念不消
不管旅途多远
不论痛有多深
也都会有结束

选择其实很简单
只要心安就是方向
静下来听自己的心声
就知道该如何选择

用一颗美好之心
看大千世界的风景
用一颗快乐之心
来面对生活的琐碎
用一颗感恩之心
感谢经历给我们的成长
用一颗宽阔之心
包容一切的不如意
用一颗平常之心
看人生得失成败

西藏林芝雪山下打坐

遇见最美的幸福

用你的笑容
去改变世界
别让世界
改变了你的笑容

用你的微笑
去改变你的执念
别让执念
影响了你的微笑

有些路走下去
跋山涉水崎岖蜿蜒
会很苦很累
但是不走会后悔

有些人的出现
就是来帮你成长的
是度你成佛的贵人
要慧眼识人

要经得起虚幻考验
受得住诱惑和欺骗
忘得了别人的承诺
放得下烦恼

学会淡定从容
学会智慧观照
学会慈爱大悲
才会遇见最美的幸福

逃避永远无法摆脱痛苦

不要怕痛苦
勇敢地去面对
当你真正面对时
痛苦也就没有了

痛苦很奇怪
当我们越害怕痛苦时
总是想尽一切办法逃避
痛苦反而更凶猛

内心畏惧痛苦
这本身就是一种痛苦
而且永远无法摆脱

人们总是追求幸福
更是怕失去
变得患得患失
这种烦恼苦不堪言

离苦得乐
是每个人的心念
放下痛苦迎接幸福
就是我们的修行
当内心无欲无求的时候
快乐幸福也就来临了

做最真实的自己

不管你有多么真诚
遇到怀疑你的人
无论你怎么解释
你都是谎言

不管你有多么单纯
遇到心念不纯的人
无论你怎么对他
他就是工于心计

有时候
不必过分迁就世俗
无论世界如何变迁
你就是你自己
做最真实的自己

有时候
不必刻意牵强
坚持该坚持的
本本分分地做人
老老实实地做事
你就会得大自在

五台山东台望海峰观日出

如何让幸福常伴左右

常常想着别人
对自己的好
你就是一个幸福的人

常常想着别人
对自己如何地伤害
你就活在痛苦中

常常想着别人
对你亏欠的如何多
你的内心自然就会失衡

缺少感恩的心
向外驰求得太多
烦恼就会主动找上门来

把心收回来
观察自己
别总是看别人的不足

不论你是否幸福快乐
这世界还是原来的样子
其实什么都不会改变

我们需要改变的
是自己的心
修在起心动念处

心如果变得完美了
幸福快乐自然会来
永远与你相伴左右

不要把烦恼带到明天

我们每个人
都有自己的烦恼
不要把怨恨带到明天
因为那是
一个美好而有期许的日子

我们每个人
不要把烦恼传染给别人
因为那是
一种很不道德的行为

我们每个人
不要把嗔恨挂在脸上
因为那是
一种让人远离你的表情

既然苦海无边
我们不如
把痛苦和烦恼放下
把希望和朝气带到明天
把阳光和温暖带给别人
把灿烂的笑容挂在脸上
如此则人生静好

秋日里送给爸妈最美的祝福

昨夜一地秋风雨
醒来秋叶挂梧桐
晓月残弓话因缘
任它苍穹游西东

　　季节变换得真快,转眼已渐渐进入天高云淡的秋天。环绕着梵乐的山林,时而变幻着五彩斑斓的色彩,在金黄与火红的树影之间呈现出最美的秋色。抽两天时间吧,去陪伴父母亲人们看看这么美的景儿,说说心里话。我们长大了,懂得体会父母生养我们着实不容易,请给爸妈送上最美好的祝愿:

愿爸妈离污染得清净
愿爸妈离贪嗔得慈悲
愿爸妈离邪知得正见
愿爸妈离凡俗得道念
愿爸妈离懈怠得精进
愿爸妈离妄想得正念
愿爸妈离分别得平等
愿爸妈离计较得自在
愿爸妈出三界得佛心

读诵经典就是最好的修行

佛说的一切法
就是诸佛菩萨的法身
当你打开经本
善知识就在你面前

你以这种观想力
依此信念觉察所学
依佛教导去做
诸佛菩萨就摄受于你

你若认为经是经
佛是佛
把他分开
那你就错了

与其胡思乱想
东求西求
不如反观自心求自己
深入经典

读诵大乘佛经
不仅仅是在修戒定慧
更是六度万行的践行
慈悲喜舍无量

如是坚持
必定明心见性
悟菩提三宝不从外得
自性获大光明
朗然照澈身心世界

如阳光一样轻轻穿过尘埃

有时候
越是想改变
越是欲速而不达
心情也跟着变得烦躁
跌入纷乱思维的陷阱中

内心的目标
固然需要坚守
但经历中的一切
却需要学会随遇而安
不可过分地抱怨和苛求

碰到再难再苦的事情
也不能失了人品
遭遇无比煎熬的日子
也不要丢了风度

古人所谓
修心圆满自性
如柔水般随方就圆
如大地能够容纳万物
如阳光一样轻轻穿过尘埃

人生难得糊涂

开始时
我们揣着糊涂
装明白

可后来
我们揣着明白
装糊涂

开始时
是因为都在学习成长
可后来
看懂了很多以后
却都选择了装糊涂

只是
有时沉默不语
并不是不懂
而是
聪明容易，糊涂却难

能忘记年龄不服老
能忘记过去今更好
能忘记怨恨乐逍遥
能难得糊涂万事了

轻拂柳枝看老树情深

记住自己最初的约定

曾经的梦
我执着永恒
努力地去实现
在缤纷的天空里
为自己勾画着彩虹

岁月的蹉跎
忽略不计
清除在记忆里
待到天明时
生命就会重新开始

浮沉于世,过往匆匆
不悲不喜,不急不争
释放压力,减少焦虑
带着真诚,投入热情

为了这样的
一场人生修行
我无怨无悔
执着而又坚定

前方的路
不匆匆迷茫
燃尽生命
不再复制曾经的沉重

记住自己最初的约定
每天更新一段
崭新的内容
活出自己
独一无二的人生

苦海不做烦恼人

佛说
一切生命和事物
它的生灭只是假象
其本体却未曾有生
也永不坏灭

假象
好比天空中的云彩
本体好比天空
不管浮云多变幻
万里虚空无动转

既然变化的都是假的
那人生万事和世界万有
你大可都不必在意
因为得也未曾得
失也未曾失
赤条条来去都无牵挂
若一心不动
万境俱闲

无论乌云密布
还是云散日出
也都是在蓝天里
一切法无生
一切法无灭
你烦恼什么呢
若能言下得个悟
即惊醒八千里梦
苦海再不做糊涂烦恼人

趁岁月静好　不要虚度光阴

趁岁月静好
快去追逐生活的欢笑
日子过去不多不少
不要让人生告别了美好

趁岁月静好
快去呵护身边的老小
漫天的承诺祈祷
不如行动来得真切自豪

趁岁月静好
快去走遍天涯海角
登上我们期待已久的山峰
畅游我们希冀的群岛

趁岁月静好
念佛弥忏悔曾经的过错
人世间匆匆来去
将遗憾赶出跌宕的心潮
趁岁月静好
快去写下一路的歌谣
用你的天籁之音
吟唱着生命不屈的骄傲

这一生　你有梦想吗

我们
不能随便给自己下结论
因为前途未知
还有无限的可能

我们
一定要有梦想
只要你深信
努力就一定会实现

我们
别在意背后的议论
这些都改变不了事实
却有可能搅乱你的心

心乱了
一切就乱了
所以要坚定信念
心永远不能乱

坚持你的梦想
让它慢慢前行
只要你不放弃
就总有一天会绽放

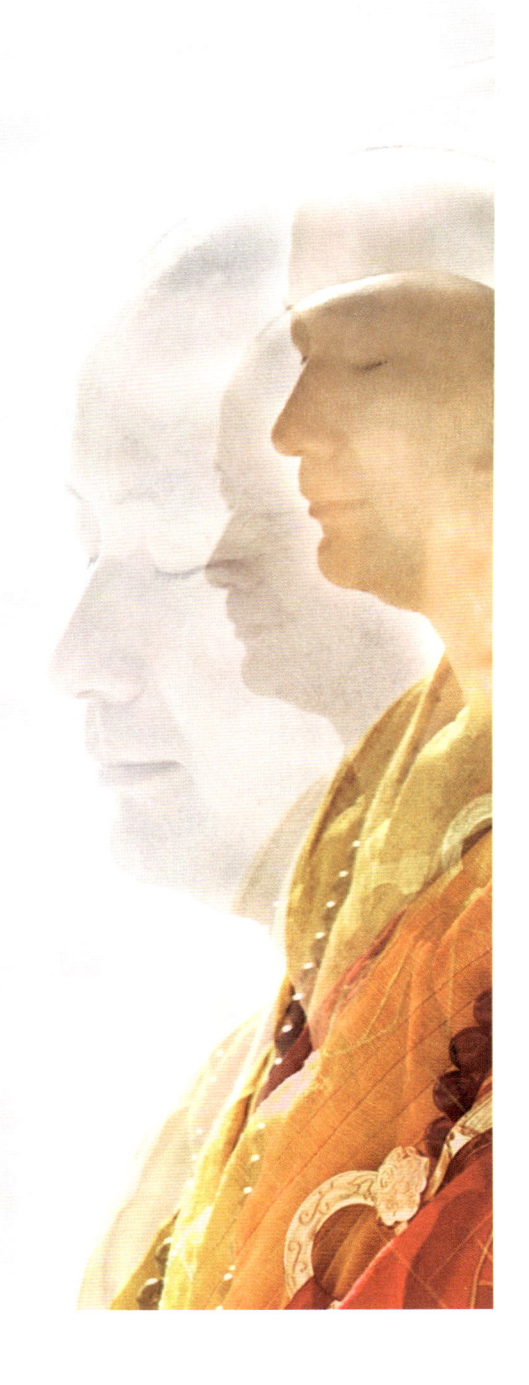

一切有为法　如梦幻泡影
如露亦如电　应作如是观

供佛

洗净双手的尘埃
擦去额头的风霜
掬一杯清水
静静供在佛前
不求世俗的名利
只为灵魂的安宁

舍弃外在的诱惑
放空内心的杂念
擎起一枝香花
款款供在佛前
不求今生锦上添花
只为后世种下善根

清空心中的妄念
抛开肉身的欲望
敬一炷檀香
虔虔供在佛前
不求累世的因缘
只为心念的清净

参透了万缘的因
了悟了轮回的果
奉上一盏明灯
殷殷供在佛前
不求自身福报通达
只为照亮众生回家的路

捕捉生命中稍纵即逝的美好

我们在熙熙攘攘的人群中
各自过着忙忙碌碌的生活
平淡而又无趣

不知不觉中
错过了生活中
很多稍纵即逝的美好

若能在生活中找到趣味
那是一种能力
时常给自己做做清理
把多余的东西丢掉
用简单素雅来提升品位
营造趣味生活之乐

生活品位的提高
并不一定需要
很多金钱来堆砌
甚至与名利地位无关
内心的清静才是重点

若想要把日子
过得像诗一样
细腻地和自然拥抱
与环境相爱相融

捕捉生活中的美好
用爱堆满你的人生
命运就会惊艳无比

说禅

三

梵呗弘法

（一）海天菲国诵华严

　　法不孤起仗境方生，道不虚行遇缘则应。我最初走出高旻寺弘法，同样有一个因缘，那就是法海法师在高旻寺跟我学唱《华严字母》后，回到北京制作光碟时邀我帮忙，就此我们二人结了缘。她说，菲律宾当地的华侨居士商议在2000年请一位法师去做华严法会，共21天，推荐我去。由于想弘法，我就答应了。我到马尼拉之后，联合了菲律宾所有出家僧众，平均每天150人，完成华严七。特别是最后一天讲开示"诸佛生欢喜，龙天降吉祥"时，瞬间天降甘霖，让大家感同身受佛法的不可思议，欢欣雀跃。这是菲律宾200年佛教史上第一场华严法会，也证明我有独立完成华严法会的能力。于我来说，意义非凡！

　　在当地华侨居士的挽留下，我办理了菲律宾居住的绿卡。2001年至2004年，我每年都往来于中国和菲律宾，差不多半年在高旻寺修行，半年在菲律宾传法。不仅结识了很多有缘的僧众，也丰富了自己的见识，对梵呗音乐的宣扬功能有了新的直观感受。自此以后，各地打华严七，凡有需求，学习华严菩萨道精神，千里万里，无论哪里，我不辞劳苦，有请必应。从东南亚地区到国内各地，截至2004年，共做华严法会13场。这也是后来弘法寺智空法师把我引荐给本焕长老的一个直接原因。

（二）唱梵呗献供鹏城

2007年我得到印顺大和尚恩识重用，开始担任弘法寺的支客和大华严寺的监院，其间录制了大量的汉传佛教梵呗唱念，包括早晚功课、水陆法会、焰口传戒等种种仪轨里的吟诵唱赞。大和尚同时推荐我担任《神州和乐》的主唱，很荣幸能跟着文化部前往新加坡、马来西亚、印度尼西亚、中国香港、印度、韩国、德国等，演出场场爆满，好评如潮。后来在国家大剧院做汇报演出，受到了国家领导人的接见，我感觉非常的荣幸和自豪！那时的我比较青涩，所做的这些音乐都是受印顺大和尚提携。感觉到大和尚非常有远见，明事理，年轻有为！我跟随他做了5年弘法工作，其间学到了很多，很是受用。当时《神州和乐》连同国内外一共演出了三十几场。演出归来后，深圳艺校的沙丽晶老师构想出弘法寺星光禅乐坊的活动，大和尚又安排我做了负责人。自此，我就与音乐结下了不解之缘！我的处女作《观音赞》就在此时诞生，并在深圳禅乐圈一炮而红。

第一次深度地接触了录音棚之后，我想到了一个更好地传承华严字母唱法的方式。那就是未来气力不济唱不了时，可以通过这个录歌曲的方式把《华严字母》传下去。于是，我摘取了三首一合、二合、三合做试验，再加上《遮那妙体》《观音赞》《天上天下无如佛》《慈悲心》《大悲咒》，一共八首歌，做了我人生中的第一张专辑《华严境》。当时虽没有正式出版，但被居士们翻刻了约 10 万张，让我欣慰无比！

在负责统筹拍摄《汉传佛教仪轨》系列片期间，我认识了一位和我有缘的广州录音师。2008 年和他合作录制了名为《念佛三昧》的第二张专辑，里面有《心经》《净土文》《往生咒》《三皈依》《妙音天女赞》《大悲咒》《大吉祥天女咒》《阿弥陀佛赞偈》《回向文》《本焕长老念佛开示》。应该说，这张专辑比较传统。所有曲调都取自古老的传承，几乎所有信佛的居士都喜欢。但我还不是很满意，因为我要的是不信佛的人也同样喜欢，这样才有传播佛法的效果。

2009 年，印顺大和尚又给我一个重任，负责为老和尚筹办深圳东部华侨城剧场的祈福音乐会，又和导演石宗耀以及宋小军一起策划。音乐会很成功，现场一万居士都十分兴奋。由曾志伟、胡一虎做现场主持，齐豫、许巍、陈晓东、任静、付笛声、黑鸭子乐队等歌手现场表演，我也唱诵了《心经》。

2010 年祈福大典，我们响应居士们的建议把早晚功课搬上舞台，请 500 个僧人和 300 个居士排练延生普佛，唱《药师赞》时，另有 200 个男孩、女孩献供，一起反复打磨舞台效果。正式演出时，有 18 位高僧现场主法，我担当维那，几百人同时合掌、转班的效果十分震撼、壮观。这次活动取得了空前的成功。这也是国内外首次把传统仪轨搬上舞台,既有法会的庄严神圣,又极具舞台观赏性,和艺术结合得完美无瑕。直到现在,弘法寺的相关活动仍以当年的演出做蓝本。那时,我的眼睛里充满了欣悦和憧憬,一股热流从头顶直灌下来周游全身,佛菩萨无与伦比的雍容和支持让我心里萌生出一点星光——我将用梵呗音乐承担起弘法的重担。

(三)雪山归来唱梵歌

2011年从尼泊尔归国后,我辞掉弘法寺内外所有职务,因为我已知道自己心里想做的事,特别想在身体状态相对稳定的时期把42首《华严字母》全部录完,不留遗憾。2012年,护法帮我在北京租了住房,我准备闭关专门大干一场,反复调整思路,考虑创作梵呗音乐的事。传统梵呗没有乐谱,就靠寺院僧众代代口授相传,怎么做才能既保存传统一板三眼的节奏,又可以转换成现代3/4拍乐谱?因没有受过专业的音乐指导,我颇费了一番心力,后来还是决定先录两张佛教歌曲专辑试试水。一年时间磨下来,我共完成两张专辑:《心中的菩提》和《佛说万物生》,专辑中包含自己的原创作品,如《雪域莲花》《思念阿妈》等共计26首歌曲。其实在北京录制专辑期间,条件十分困难,虽然也认识一些有社会地位的企业界人士，但我认为佛法必须庄严宝相，有所为，有所不为。对于那一年的经历，我戏称自己为北漂，省吃俭用，把所有的费用都削减，把几年积攒下来的银两都用在了制作音乐上。现在看来是非常值得的！

正式出版专辑一定要和出版社合作。因为CD市场整体的不景气，基本上也没有公司会做这些不赚钱的出版。为了解决这个问题，我承诺不收取他们的版权使用费，也就是所有授权，还有后面授权网络使用也都是免费的，而且签订了一个有回购条件的协议，以双方都能接受的方式运作。算是结缘吧。希望梵呗音乐可以成为与人们相近相亲的阳光、水和空气，我不对终端用户收费。我认为与信仰、灵魂有关的东西必定是要奉献的。我的初心就是行菩萨道。道就在日常生活中，行行都是修行，如果有违初衷，我绝不会答应，更不会做。随遇而安的性格和信念支撑着我的修行。

祖师大德说，道在平常日用中，不离生活，就在当下。你的佛心在哪儿，哪儿就是道场。拿起麦克风对于我而言，就是弘宣，就是修行。从2012年开始，我参加了许许多多的演出。感恩大家对我的支持，给我的慈悲之爱。每当看到观众们因为梵唱对佛法生起信心时，我就是最幸福的。我也不断地提醒自己，在鲜花和掌声的簇拥下，看看自己修行办道的功夫还在不在，寻找自己的不足，努力改正。学习古人，悲心常念众生苦，随缘赴会传妙音。因为如此，我的修佛生涯一路天籁。

（四）录制《华严字母》

2013年春，我终于开始录制我最想录的《华严字母》了。为了这一刻，我足足准备了3年之久。从文案整理到校对，不敢有丝毫马虎。42字妙陀罗就是42首歌。每一首的法器敲法不能有一点错误，因为我要把它用这种方式传承下去。而且为了有一定的欣赏性，我准备每一首都制作不同的音乐伴奏。每天除了创作就是打坐，挖空心思地去琢磨。现在想想，那时候的我真是一个拼命三郎，每天有至少6个小时在录音棚里。为追求完美，几乎每一首都有乐器进录音棚，每一首都有和音。我因此认识了好多音乐圈里的人，他们也教会了我很多乐理知识。我其实连简单的音符都不认识，音乐学院里的那一套，我根本一窍不通。可是我就有一股子韧劲，非要完成不可。

为了让字母唱法发扬光大，我甚至有一个奇想，找42个歌手跟我一起再录一版。结果我就去实施了，虽然难度不小，但我义无反顾，如今已经完成了二十几位的录制了，包括姜育恒、任静、付笛声、张咪、黄安、萨顶顶、孟庭苇、文章、周璇、徐子崴、金美儿等，在此感谢这些妙音菩萨的支持。经过两年的不懈努力，我终于把传承版的《华严字母》录制完成了。42首字母，再加《炉香赞》《字母赞》和梵腔《遮那妙体》，共计45首，以此专申供养十方众生，祈愿佛法传遍世界每一个角落！

除此以外，我在空余时间还创作了两张专辑《世界音乐专辑：天音梵韵》《华藏梵音》23首歌。还录制了读诵共修版的经文，包括《普贤菩萨行愿品》《楞严咒十小咒》《药师经》《观世音菩萨普门品》《金刚经》《佛说阿弥陀经》。其中有三部经分别是萨顶顶、任静、敬善媛联合录制的。这些经典，完全是为了那些喜欢念经的人录制的。另外，完全不懂佛法共修的人，也可以将其作为学习读诵的蓝本，完全没有问题。上传音乐库后，收到的反响挺好，很多人已经把它们当作每天的功课了。这让我感觉非常的开心，非常的幸福！

（五）一丹相助网络传梵呗

深圳腾讯的陈一丹先生与我缘分甚好，在他的帮助下，我把所有音乐专辑的使用版权授权签给腾讯QQ音乐，包括2007年、2008年录的前两张专辑内容一起上传到网站，给大家免费作供养。让我倍感欣慰的是，仅2013年一年的点击量就高达到1亿次。时隔一年之后，我又把在北京用两年时间录完的全部华严字母（共5张牒，每张60分钟）、《华藏梵音》、《世界音乐专辑：天音梵韵》及六部经典，全部上传至乐库。此时，我已完全感受到了互联网的强大！这个时代，我们就要做些有意义的事！

2014年春节前后与陈一丹先生见面，他考虑到网上只有音频内容，不够丰富，所以他的基金会成立后的第一件事就是给我的禅乐拍摄一组MTV的视频。一周后，我选出13首歌，经过反复地推敲镜头脚本，终于出发了。我们一行15人赴林芝、拉萨、峨眉山、乐山、九华山、普陀山、五台山、杭州、台州等地，耗时2个月，共拍摄了3万分钟的素材，这是国内首个高清佛教MTV，有特殊意义。一丹先生为了鼓励我，亲自起名并题字"微妙佛音"。这份情谊无价！5月份MTV剪辑完成，专辑上线并在腾讯佛学频道举行新闻发布会，有100多人慕名来到现场。现在它的点击量接近3亿，其中《大悲咒》单曲的点击量就超过2亿。2016年，一个法国的IT公司准备推广佛乐，邀请我参加活动。在现场，有一个第一次听梵音的法国人说不仅好听，而且听懂了。我问他听到了什么内容，他回答："听到了和平和大爱。"这些机缘氤氲在我的心口深处，更坚定了我做梵呗音乐的信心。既然已经闯出这条路了，我就准备把梵呗音乐带到国内外，用无国界的音乐弘扬佛法。

　　现在，由于互联网的作用，我的梵呗传遍了整个世界。美国、加拿大、法国、英国、澳大利亚等很多国家，但凡有中国人的地方，就能听到我的梵呗。更有好多外国友人也喜欢我的佛乐。正如《华严经》云："一即一切，一切即一"和"一微尘能出大千经卷，于一毫端开无上之大法筵。"你我相通，世界相通，宇宙相通。无量无边。感恩互联网，神通无量！

（六）感恩世界 珍爱惜福

佛国是一个充满天籁的世界，只要你肯深入，定有收获！此方真教体，清净在音闻。欲取三摩地，实以闻中入。梵呗自随佛法从天竺传入中国，就与中华文化相辅相融，修行传法都离不开它。千百年来，师徒口授，代代相传，薪火不断。这是佛菩萨给这个宇宙最珍贵的礼物，令世间心灵得到净化，充满智慧和慈悲。我们应该好好地珍惜、传承和发扬，让我们的后人，永远有福气听闻来自佛国的美妙的清净的梵呗。

现如今，全世界各种音乐的融合，形成了一个鼎盛的音乐局面。这使梵呗音乐的发展有了更大的空间，可以把各国各民族的优秀的曲调、乐器都融合进来。只要处理得当，就会产生传世的经典。我们都很有福气，能够遇上这么好的时代。印能不敢落后，努力为之。这也是努力践行恩师留给我的大愿："不为自己求安乐，但愿众生得离苦。"为了录制梵呗音乐，我不怕艰辛；为了宣传《华严经》，我排除各种困难和很多艺人、歌手合唱华严字母；为了弘扬佛法，我努力扩大梵呗音乐的影响力；为了利益众生，我将尽我的全部能力。这一切不为别的，只为当初的发心，我的信仰、我的愿！

我是一个僧人，和很多人一样，都遇到过无法回避的累累伤痛，只是因为我遇到了佛法，每一次经历都变成了修行的道场。只要在世间生活，就必须遵循社会中的生存法则。祖师大德告诉我们，大修行人不坏世间法，虽在世间，但是要超越自己与往昔的是非恩怨，保持自己的菩提心、梵境行。很高兴我创作的梵呗音乐目前得到世人的关注与重视，在十多年风雨共济的日子里，无形中给了我一股强大的力量，已然成为我人生中必不可少的一部分。

　　恩师本焕老和尚曾说"若能转境即同如来，若被境转就是凡夫"，逆境当破不破之时，我会静坐沉思一会儿，辨清世间的轻重诸端头绪，放下徒增的忧虑，任真知在朴素的经文中自如自在地倾诉。一夜安眠，睁开双目，禅堂遍洒温暖的霞光。众生皆妙体。感恩世界，感恩祖国，感恩诸佛菩萨，感恩历代祖师，感恩护法龙天！感恩十方善信，感恩一切众生，感恩所有支持者，感恩亲朋，感恩一切，珍爱生命，各自惜福。

悲智双运即是禅

悲智双运即是禅
悲是悲心
智是智慧
悲心就是善良正直
智慧就是聪明能干

如果不具备悲心
聪明能干会害了你
如果具备悲心
也不愁不会聪明能干

如果你正直
你的人生再平凡也都是重要的
如果你不善良
你的人生再辉煌也都不重要了

做事就是先做人
做人成功了
做事不成功是暂时的
做人不成功
做事成功也是暂时的

我是一切的根源

假如你心里有
无尽的欲望
却没有半点耐心
如何能实现自我价值

生活总是现实的
你不努力哪来的收获

只要方向和方法正确
你有多大的忍耐力
就有多大的收获
你受得了何种委屈
你就将成为何种人

我是一切的根源
要改变一切
首先要改变自己
遇到挫折时别怕
那是你学习的机会来了

人生即是禅

与人打交道
处处为他人着想
以菩提心为尊
如此诸事顺利
这就是菩萨道

与自己打交道
静下来和自己独处
便能回归我心
如此独处时安然自得
便能喧嚣时淡然自若

与灵魂打交道
心与灵的沟通
会令心智成熟
让心胸更宽广
灵魂就是信仰
信仰清净
生命才能走向光明

觉后空空无大千

繁华骤简
简至空明
静到极致
渲染心间

寂静观照
含虚空法界
再来观世间
犹如梦中事

梦里明明有六趣
觉后空空无大千
万事毕竟成空
到此时
还有什么放不下

正法常住心念间

●

大千世界一华严
透脱万象佛境宣

释迦世尊未曾离
水色山光显慈颜

愿众常思佛教诲
精进修行续圣缘

归心当恒依般若
诸行当谨具法眼

万德庄严从悟起
正法常驻心念间

在无常中寻找到永恒

●

世间的一切
都是昙花一现
刚刚还在锣鼓喧天
顷刻之间曲终人散

好花不常开
好景不常在
什么都不永久
什么也都不实在

想要跳出三界外
那就需要
能帮你解脱的正法
正法就是善良又不著相

保持你的善良
还能够不著相
那你就是在无常中
捕捉住永恒了

问佛情寄何处

秋月清风相伴,
山随云卷云舒。
寒水沉影无意,
雁过长空难觅。

踏遍峨眉普陀,
万千殊胜欢喜。
摇动经筒切切,
相遇崎岭道中。

精舍佛前参悟,
涕泪悲欣交集。
梵唱冥思修身,
静悦自在禅心。

问佛情寄何处,
博爱胜于独钟。
不喜不惧梵行,
皈依三宝究竟。

佛子每日清晨必发之愿

愿一切众生俱足安乐及安乐因
愿一切众生远离痛苦及痛苦因
愿一切众生永远快乐我心愉悦
愿生生世世遇正法
愿生生世世修正法
愿生生世世行正法
愿生生世世传正法
愿生生世世护正法
皈依佛,愿一切众生 题解大道 发无上心
皈依法,愿一切众生 深入经藏 智慧如海
皈依僧,愿一切众生 统领大众 一切无碍
至诚顶礼十方三世一切诸大圣众

在遥远的地方，有一座美丽的雪山

千年古树　千年情怀

千年古树
千年情怀
我也曾到树下
想着高挂钵具
住进观音寺的禅堂
效法古人以悟为期参禅
就如古大德一样
也来到这棵最美丽的银杏树下
万缘放下一心用功
在古树下经行打坐
开眼看树叶绿了又黄
黄了又绿
不知不觉叶落叶生已千年
古树静静地矗立在人面前
看来来往往，过客匆匆
送走日落，迎来日出
人生几人如此古树
屈指能数否

恩恩怨怨天地悠悠
生死白头几人能看透
背上行囊就是过客
放下包袱仿佛就找到了故乡
既然人生没有绝对的安稳
是否该携一颗从容淡泊的心
带着美丽笑容
走过山重水复的流年
一生相伴诗雨
信步看风尘起落的人间

禅心自在

菩提清凉月，
游于毕竟空。
众生心水净，
菩提影现中。

念佛

双手合十
心性已内敛掌心
微垂头颅
轻慢低俯在足下
屈膝顶礼
红尘滚滚都在身外
内心深处只有忏悔
忏悔前世今生的过失
忏悔不断轮回的业障
内心慢慢升起慈悲
悲怜众生苦海中的挣扎
心中盛满真诚与喜悦
心心念念只有一句
阿弥陀佛
真信实修
一世成佛

苍凉岁月悟玄机

煮一壶春茶,淡然悠远。
望一轮秋月,疏淡清绝。
扬一场冬雪,梅香涌动。
听一曲夏风,凉韵禅心。

见与不见,四季都在更替。
念与不念,草木一直枯荣。

你若守住内心的一份清幽,
就算寂寞也将舞动出绚烂。
再多苍凉亦会挥洒出美丽,
绚烂多彩地一路勇敢前行。

放生的意义

放生就是
放鸟儿重回天空
慈悲重回人心
鱼虾重回江河
宽怀包容太虚

放生就是
还动物自由之身
众生平等没有杀戮
让我们觉悟本性
让有情回归本真

放生就是
一丝善念起
百千灾祸消
一心救众生
永离六道苦

花雨满天　不禅不动

要经历多少的红尘往事
才能来到佛陀的金殿
倾听世界上最慈悲的教诲
和妙音天女动听的歌声

你与我有几世的情缘
可否今天也随我一路
放下尘世的纷纷扰扰
领悟花雨满天的不禅不动

让我们一起
安坐于道场
修习菩萨万行
稽首一切圣贤
香云供养十方

请佛解缚心中纷飞的思绪
净心听闻世尊演说大法
如生也如灭
如去也如来
真如观自在
自性即如来

闲剪片云添补衲　一轮明月照禅心

岁月流水送千古，
幽香一处一潭清。
轻剪一帘红尘雨，
一袭水媚望月明。

轻倚栏杆坐禅床，
浅读经文过流年。
静许一份诗情意，
春风送暖在人间。

静听庭院花开花落，
散落一地心语赏琴。
闲剪片云便添补衲，
一轮明月直照禅心。

拾一抹岁月清静安好，
收一朵嫣然揽进怀中。
诉一段心语禅定故里，
让一素思念随风入空。

童子问：师父，你在干吗？

落花深处　万物归尘

●

尘埃落处
是无法捡拾的流光
繁华三千
不过仅是惊鸿一瞥
落花深处
斑驳写满岁月长卷
亦幻亦真
亦悲亦喜何需追问
万物归尘
释然散落漫漫风中

一切皆为虚幻

●

佛说
年复一年你看破了多少
日复一日你放下了多少
千方百计你得到了多少
精打细算你失去了多少
求而不得你烦恼了多少
斤斤计较你结怨了多少
贪心不灭你造恶了多少
人生在世你享受了多少
临命终时你带走了多少
大肚能容容天下难容之事
开口一笑笑世上可笑之人
嗔是心中火，能烧功德林
欲行菩萨道，忍辱护真心

与千年古树谈心论禅

陕西秦岭万里终南山下,有一座古观音禅寺,寺里有东西禅堂,有观音菩萨殿。在大雄宝殿后有一棵千年古银杏树。树下有一口清泉,清泉深处有一龙宫宝殿。龙王与树神一道,守护着千年银杏树,共修佛道……

人生一世皆梦幻,
浮生有幸培善缘。
终南山里求常安,
专修慈航把梦圆。

万缘放下走佛路,
渐至龙宫金殿堂。
千年白果银杏王,
叶子绿过渐发黄。

欲与古树论心事,
古树请我献梵唱。
信步举扬拈花腔,
虔诚献供满十方。

看破放下明心性,
得来智慧现吉祥。

千年白果银杏王,
碧枝丝催秋叶黄。

荣辱功利留俗尘,
扬起妙音获清凉。

心净自在菩提路,
虔诚献供满十方。

接续心灯传万古,
焚香参禅选佛堂。

念佛是谁参禅去,
照顾话头法门扬。

红尘万丈出水莲,
欢喜自在般若现。

有禅遍传虚空界,
法音广布满大千。

娑婆世界不过是一场梦

生生死死轮回路，
叫苦连天不自悟。
贪念丛生欲无边，
欲壑难填已无度。

嗔心怨海忍为舟，
苦海无边须回头。
娑婆不过梦一场，
极乐学堂终开悟。

菩提萨埵习气断，
清净寂灭自性处。
假说强名解世间，
止心一处谁言空。

欲望是最深的陷阱

喜乐源于知足
苦恼源于贪求
求而不得
过分便是嗔
嗔是无底之深渊

豁达时
心念未起，善缘已种
计较时
所求未到，福报已失

茫茫然中
被欲望牵引
一念不成，再生一念
将欲壑越挖越深

命运
便交给了得失心
这世上一切的假象
一一尝遍
也不肯回头
只得在追求造业中越陷越深
何时才能
于无常中醒来

古德先贤路　持锡渡凡间

寂静欢喜　步步生莲

佛说有一种懂得
叫珍惜
佛说有一种浪漫
叫平淡
佛说有一种幸福
叫简单

生活中若多一分思索
便少一分迷茫
生活中若多一分淡定
便少一分烦恼
生活中若多一分宽容
便少一分狭隘
生活中若多一分坦然
便少一分遗憾

心若简单，万物庄严
心若简单，生活快乐
汝心若明，步步生莲
汝心若安，寂静欢喜

佛在心中　红尘也是道场

春风几度，秋月复照。
修行之路，数载光阴。
历经劫数，何时见佛。
出尘超度，无惊无扰。
喧闹之中，守住净心。
纷纭变化，保留善心。
得失取舍，不忘安心。
红尘道场，佛在心中。

大年夜僧家参禅守除夕

除夕夜有感赋诗一首,忆道友云游僧真如法师促膝参禅守夜至晨曦。

静香情浓
轩宇辉煌阔春降临
雪寒方暖
旧梦轻翻看
随影走空
云水生涯经一卷
心念无
曲歌唱赞
孤月满十分

独走空梁
风驰高岗呼呼响
夜深竟不寒
心思悠悠
天地怎就如此宽
谛观人世
何处不相逢
知音如是
梦醒是极乐

乙未除夕
夜难眠
翌日便是
丙申初晨
僧难闲
上蒲团禅坐
深参天中天
忽然柴扉被叩
心起波澜
知音至寒舍
促膝守夜至晨曦

在诗情画意里问禅

一缕金色的阳光
透过绿叶的间隙
直射绿色草地上

在林间从容走过
一路走过了花园
带起一阵阵清风
吹走无尽的烦恼
留下绵绵的思念

一路走在绿荫中
多少语言和往事
都在微笑中消融
一转瞬已过万年

一路走过了花季
我们又进了夜海
打捞遗失的繁星
却不知去了哪里

一路走来青云路
慢慢人生觅知己
高山流水的深情
谱写一曲真实意

生活中到底什么是佛

有人问禅师：什么是佛？
禅师答：心就是佛。
再问：心在哪里？
答：心在作用。
继续问：作用在哪儿？
答：作用在日常生活中。

　　祖师说得简练，三言两语，已是精华。在此解释，已属"扯葛藤，打闲差"。在此学人，啰唆几句。兹聊表佛心，引导初学。

宽容是佛：

　　何以为大，有容乃大。若不宽容，岂是佛心！又复责备别人不够宽容，那只不过是自己的心灵没有找到归属的地方。自己不完美，岂能看到别人优点！

放下是佛：

　　追求属于自己的幸福，要以一种看空一切的心去追求。在执着中体会放下，放下叫空。有和空同时存在，才是禅意的当下。只有这样，你才能体会到什么是真正的空性。

觉照是佛：

　　有时候我们的心，已经错得很离谱了，只是没有觉察到。觉照是自性的一种本能，觉而常照，照而常觉，做人必不可少。要时时刻刻觉照自己的内心，知非即改，并把所有众生都看作佛菩萨。

洞彻是佛：

　　洞彻是一种修为，是自我思想不断提升的过程。你我虽有佛性，但也有困惑，也会有想不通的问题。所以要有清静的心，洞彻世事，方能看空。

承担是佛：

　　每个人都在承担，都怕别人说自己不负责任。但是真正的承担，是要把心化成雨露甘霖，用来滋润万物众生的，这样才是调御丈夫。

解脱是佛：

　　心灵的解脱，是具有大慈悲心的自在者，佛陀不是神，也不是神的使者。他不要大家迷信，他要我们能自由的、智慧的思考人生，并指引我们从生、老、病、死、悲伤和痛苦中解脱出来。

人心和佛心不二
佛就在你我身边
慈悲和智慧一体
佛一直无处不在
从来就没离开过
永远在我们身边

什么是洪福与清福

福德大致分为两种，一种是人世间的福德，文学上称洪福，是世间法；另一种是所谓清福，出世间法。清福比洪福还难，所以人要享清福更难。

清净的福叫作清福，人生洪福容易享，但是清福却不然，没有智慧的人不敢享清福。人到了晚年，本来可以享这个清福了，但多数人反而觉得痛苦，因为一旦无事可管，他就活不下去了。有许多老朋友到了享清福的时候，他硬是享死了，他害怕那个寂寞，什么事都没有了，怎么活啊！

这是著相的关系，因为有人我相的缘故所造成。看到孩子们长大出国了，一个人对着电视，或者夫妻坐在那里，变成流泪眼观流泪眼，断肠人对断肠人。其实那个清净境界是最好的时候，结果因为著相，把世间各种会变的现象抓得太牢，认为是真，等现象变时，他认为什么都不对了。

一般，同学跟着我做事常常说："我看最可怜的是老师。"我说："对啊，我想得到一秒钟的清净，都求不到，很可怜的，求一分钟的清福都没有。"可是人真到了享清福的时候，往往不知道那是真正的福报来了。事实上，平安无事，清清净净，就是究竟的福报。

一个人先要养成会享受寂寞，那你就差不多了，可以了解人生了，才体会到人生更高远的一层境界。这才会看到洪福是厌烦的。佛经上说，一个学佛的人，你首先观察他有没有发起厌离心，也就是说厌烦世间的洪福，对洪福有厌离心，才能走向学佛之路。

问君几多忧　沧僧一笑间

慈悲之乐　涅槃之音

这是哪里传来的灵魂之音
如此的美妙
如此的动听
怕是人间再没有这样的世界

在暮色天地的尽头
在祥云飞舞之处
在金漆的殿宇下
在佛陀的眉宇间

飘动着
大千世界里的
梵音天籁
回荡着
如华彩乐章般的
和谐悦声
这灵动的声韵
剖开一颗颗小小的尘埃
解读了无量无边的因果
难不成这便是
大圆满觉里流出的寂静
平等性海里道出的欢喜

一声钟磬一如来
一声木鱼一世界
一声鼓响一宇宙
一声佛号一声心
合在一起怎就如此的和美
叩我心灵之弦

颂美呀
慈悲之乐
赞美呀
涅槃之音

万缘全抛下　西方去做佛

学法不出离，怎能度群迷。
虽修无量劫，是非人我习。
口口念弥陀，佛前供花果。
落于境界中，还是贪自我。
弥陀盼子回，玉树已憔悴。
放下我慢执，心不再执谁。
金银珠宝器，极乐任你取。
七宝建极乐，只为度奸贪。
今借色身在，快把道来办。
财不能带走，人缘虚情堆。
万缘全抛下，西方去做佛。

真正的富有

知足的人，虽然睡在地上，如处在天堂一样；不知足的人，即使身在天堂，也像处于地狱一般。人生，心灵富有最重要，若囿于物质欲望，即使拥有再多，也会觉得不够，这就是贫穷；反之，物质生活清贫，并不影响心灵的充实，知足而能自在付出，就是真正的富有。

君子成人之美，予人方便，就是待己仁厚。人心是相互的，你让别人一步，别人才会敬你一尺。人心如路，越计较，越狭窄。越宽容，越宽阔。不与君子计较，他会以德奉还。不与小人计较，他会拿你无招。宽容，貌似让别人，实际是给自己的心开拓道路。人生有时候，让三分风平浪静，退一步海阔天空。

圆满是佛子行

圆满不是没有缺点
圆满是什么
是优点与缺点
是对与错
是善与恶
是是与非的统一体
轮回与涅槃同在

而这一切又不可得
却又存在着
圆满是真实的
圆满是事实本身
"不生也不灭"

人本身就有优点和缺点
如同再豪华的宫殿
也有不洁和垃圾
污泥不被人喜欢
却能生出莲花
圆满的本身就是这样
"不垢也不净"

得到的再多
死时一点也带它不走
失去的再多
你一样拥有整个世界
有跟无同时存在着
圣人有就同无
对无就同有
圆满本身就是这样
"不增也不减"

认识圆满就是觉悟
觉悟就是实事求是
能够认识事物真相
把握并能运转境界
金刚经谓之即同如来

当一个人不再有妄想
能以一颗圆满的心观照
内在的自己和外在一切时
是人便是心定平静
在平静中做自己该做的事
如此谓之佛行

相伴云中菩萨那朵莲

愿一袭袈裟　可度一切众生

愿一袭袈裟，可遮尘世繁华。
愿一双芒鞋，可踏冥阳两界。
愿一轮明月，可照百世轮回。
愿一柱檀香，可使法界蒙熏。
愿一缕青烟，可飘三界九州。
愿一柄拂尘，可扫心地尘垢。
愿一盏心灯，可点尘世繁华。
愿一丝清风，可拂无尽忧恼。
愿一壶香茗，可品人间五味。
愿一声佛号，可度一切众生。

一轮明月照禅心

禅修，不只是在打坐中，更在生活里，没有局限，随缘随境地存在着。

究竟的禅，出世和入世不二，生活和修行不二，有为和无为不二，宗教和非宗教不二。超越一切，谓之超佛越祖。

晚近学人，大抵修禅比较稳妥的次第是，从行善积德入手，从持戒诵经开始，从闻思修进入，到提话头起疑情，到功夫成团成片落堂，到开悟明心见性，再到通宗通教，弘法利生。走到此地，十方华藏法界现全身！一步步走，一个个脚印坚实地踩在心底里。

古往今来的大德早就已经把如何解脱烦恼，如何洞察生命真相的道理讲得淋漓尽致了。所谓"一切好话佛说尽"。我们需要的，就是听佛祖的话，切记不要旁听邪说。照着佛祖之意去做，实践，实践，再实践！

倚山靠海　春暖花开

海为何大
是因为它容下无数的生命
包括小鱼小虾
世界为何大
是因为它包含了
山川河流和万事万物

为人处世
要学大海那样宽广
要像世界那样能容
俗话说得好
凡事退一步海阔天空
让几分心平气和
人与人之间需要宽容

宽容是一种美德
它能使一个人得到尊重
宽容是一种良药
它能挽救一个人的灵魂
宽容是一盏明灯
能在黑暗中放射着万丈光芒
照亮每一个心灵

幸福的家庭
完美和谐的社会
高度文明的环境
乃至佛说的极乐世界
都是以宽容为基础
没有私心杂念
纯粹无染，清净无瑕

学会
只问耕耘
不问收获
学会
奉献无私的爱
不存私心
化解一切的怨结
用宽容面对每一天
你的生命里就永远是蓝天

红尘中做一朵美丽的莲

贪欲之爱是有染污性的
是自私而不究竟的
唯有把爱升华为慈悲
才能平等对待一切众生
才能对人有所助益
否则痛苦烦恼无边

若把生命浪费在
爱情和美色的追求
而荒废道德和修养
失去的将是永恒
爱情和美色本就无常
它会随着时间流逝而消逝

要做就做
红尘中一朵美丽的莲
自淤泥而生却不被染污
濯清涟而不妖艳
不为世俗献妩媚
只为纯洁之美而绽放

早起发愿　睡前感恩

埋头苦干，只问耕耘
即便你不问收获
收获也会不期而至
就好比走出雾霾
阳光自然洒在身上

有时候，对待得与失
不必秋毫毕现
你看润物无声的细雨
收获的是大地丰收的硕果

人与人之间
先要播撒阳光和细雨
如果我们所做的一切
都不是为了回报
发于心乐于行
早起念一句发愿
睡前道一声感恩
有这样丰盈的内心
谁说我们不富足呢

愿作西方一朵莲

我愿作西方一朵莲
沐浴法音净化无染

我愿作西方一朵莲
安于圣境不退升华

我愿作西方一朵莲
七宝池中灿烂盛放

我愿作西方一朵莲
八功德水中滋润长

我愿作西方一朵莲
慈光普照争艳茁壮

我愿作西方一朵莲
担负使命恭迎佛子

我愿作西方一朵莲
护航诸佛普度十方

心中有天地　不为外物欺

外物带来的喜悦是短暂的，如没有意识的控制，只是喂食了我们的贪婪和欲望。我们向外奢求越多的物质，离自己纯净的心灵就会越遥远。人生的意义在于能够凝聚内心阳光正面的力量，展现出人生的高度、厚度和宽度。心中若有天地，就不会被外物迷惑。

"富"不限于财物的富有，道德学问的修养是无形、无价的财富。所以，"诚不以富，亦癨以异"是说，虽不是有形的富有，其实是真正的富有。因为你拥有崇高的心灵世界、修养和安详的神态，这是极富有的表现。只不过，不同于财物的富有而已。

愚人求境不求心，智者求心不求境。现实生活中，我们大多数人还做不到放弃对物质的执着，但至少请时时自省，修炼自己的心灵，让它终有一天卓尔不凡，超越物质贴在我们身上的标签。心中那一片天地，那一片美景，才是长久的喜悦与富足。

世间万事都得成于忍

万事得成于忍
与其能辩不如能忍
一般人是看得破
却忍不过
佛说能忍是大力量汉

如果别人误解你
你也要笑着面对
心中有明镜即可
所谓识得不为冤
什么事都能忍下来
心中才会海阔天空

忍辱是六波罗蜜之一
诸佛赞叹的妙法
忍能息事宁人
忍能解决烦恼
忍能成就事业
忍能消融冰雪

认清事实比抱怨好
对于不可改变的事实
多去理解放下执念
用感恩的心去忍辱
用感恩的心去生活
这便是最好的入世修行

夫妻能忍得真爱
朋友能忍得长久
事业能忍得成就
修道能忍得正果

于北京松堂医院看望老人

为老人们唱念佛号

不贪恋　不执着
才能赢得真正的快乐

看世间
每个人莫不如此
独自一人来到这个世界
最后离开也是孑然一身
所以没有谁真正离不开谁

世间之情
表面看海誓山盟轰轰烈烈
似乎是人间最美好不过的
但实际上只要有贪爱
就会患得患失

佛讲"爱恨无常"
凡属无常的一切法
皆是痛苦的本性
了解到这点以后
你就会明白
也不会太执着
否则肯定会自尝苦果
所以，掌握好快乐的主因
通过修行开启心的宝藏
以获得真实的快乐

世人赤裸裸来　赤裸裸去

我们赤裸裸地来到这个世界
得到的一切都是上苍的恩赐
我们要懂得
少一些抱怨
多一点感恩
才会更加快乐

有一天我们都会离去
离去时还是要归还一切
就算你多么不舍也于事无补
明知什么也带不走
为何不能简单地活

都是匆匆数十载而已
名利都是身外物
唯有快乐才是自己的
放下名利负累
欲望才不会滋生无度
你的世界才会宁静平和
幸福快乐自然而来

一切都是自己感召而来

如果你是鲜花
不必刻意地吸引
蝴蝶自然飞来

如果你是腐肉
无论你如何驱赶
苍蝇总是不断

如果你是草原
不管你怎样变化
骏马总会来驰骋

有人总是顺利
有人却总不如意
一切都是自己感召而来

提升自己的心性
增长内在的修为
才是改变命运的关键所在

将佛法融入世间法

很多人在学佛以后误认为
修行才是人生最重要的事
投入了大量的时间和精力
而忽略了家庭生活和工作

其实佛法引导我们的是
菩萨道的修行
并不是让我们放弃一切
而是要更积极、更好地
做有益国家和社会的事
我们提倡学佛者
能在生活中践行佛法
让佛法融入生活

佛法并不是要脱离现实社会
学佛不是要放弃原本的生活
而是让你在生活工作中更有智慧
真正的修行是用佛法来引导我们
而且承担更多的社会责任
从而服务好整个社会和家庭

随缘而行　自在人生

该来的
自然会来
有缘无缘皆因果

不该来的
求也无用
纠缠不如放手

有缘不推
无缘不求
来的欢迎
去的微笑着目送

人世间的事情
若勉强
终归不能如意
强求一定物极必反

单纯地做好自己
努力过就无悔
尽心不留遗憾
随缘而行
走出一个
潇洒自在的人生

烦恼的原因是自己不肯放手

一天，师父带着徒弟到山里面。走着走着，突然，师父就像着了魔似的抱着一棵树，口中还大喊着："徒弟，徒弟！赶紧来救我啊！"

徒弟说："师父！我要怎么救你？"

师父说："赶紧把我拉开啊！我一直抱着这棵树，非常苦啊！"

于是徒弟就拼命地拉他，但总是拉不开。

最后，师父自己把手放下来，说："你这个笨徒弟啊！只要我放开手就好了嘛！"

我们的烦恼就像是"抱树"，都是自找自愿的，只要愿意"放手"就好了。

相处的艺术 · 禅

人与人相处
是极大的艺术
有时需要方式方法
有时却只需要善良
其他什么都不需要

有些事需要忍
有些事却不能忍
不论忍与不忍
都勿怒
怒伤一切

有些人需要让
有些人却不能让
不论让与不让
都要给人留有余地
否则烦恼满天

忍让有度
就是佛说的禅
不到火候固然不能成熟
但是一旦过了
过犹不及

此时更不能麻木
本来枯木崖前岔路就多
行人到此尽蹉跎
所以，当下要做的就是
回光返照看自己
修正自己不多言

为人处世
多用心去感悟
多为别人想
多些理解就少些误会
多些包容就少些纷争
心与心的距离拉近了
人生何处不是好人缘

问道般若禅修活动开示唱念

夏雨满院听禅心

雨落
溅起一地涟漪
风起
吹开一季妖娆

满园慈悲
满架蔷薇
青青翠绿色
芬芳一院香

静静怡悦在时光窗前
结跏趺坐于蒲团
收纳一份温暖
安心在自己的世界里

千山有林居
清幽存淡雅
相遇品茗茶
微笑话千生

与般若言欢
看花开不语
睹叶落不伤
心不悲不喜

一种平常
一种自在
一种戒定
一种禅心

如何增添福报

造一尊佛像便结佛缘
我佛相好庄严
令自他众生心欢喜

给佛像贴一缕黄金
便是蓄聚财富，取之不尽
福报永相随

建庙竖一根梁柱
便立稳人生根基
自此威力无比
事事必定得兴旺

修殿添一片砖瓦
便可遮风挡雨
你就是云盖天王
宝盖庄严自身

做功德行慈善
不在大小
也不在乎多少
而是贵在发心
更是贵在坚持

古人所说
水滴石穿的典故
绳锯木断之事
即是此理
不断地增添福报
诸君共勉恒坚持之

佛永远是你心灵的归宿

曾经的痛
是道明媚的伤
不隐藏

向前走
不要再回头望
朋友别哭

佛永远是你心灵的归宿
要相信自己的路
默默为苍生祝福

红尘中
有太多痴心的追逐
执着苦
才会有感触

佛永远是你心灵的归宿
有佛陪你
你就不孤独
万水千山
一心向佛无阻

佛永远是你心灵的归宿
人海中
有几多真正的善友
这份情
你怎能不在乎

佛永远是你心灵的归宿
人海中
走走停停静心观望
思来想去
没有信仰就没有方向

十方贤圣不相离　永灭世间痴
——王安石皈依三宝颂

·

皈依众
梵行四威仪
愿我遍游诸佛土
十方贤圣不相离
永灭世间痴

皈依法
法法不思议
愿我六根常寂静
心如宝月映琉璃
了法更无疑

皈依佛
弹指越三祇
愿我速登无上觉
还如佛坐道场时
能智又能悲

三界里
有取总灾危
普愿众生同我愿
能于空有善思维
三宝共住持

回眸一望　乃满目青山

·

所有的相遇
都是曾经的生死别离
所有的生死别离
都是曾经的相遇

花开花还谢
潮起潮又落
开始就是结束
结束即是开始

回眸一望
乃满目青山
人能常清静
天地悉皆归

请好好善待自己
每次的生灭都很短暂
顺应道法自然之规律
好好珍惜身边的一切

2013年3月,于圆明园踏春

人心至简　光明内外

男人
有时就像一座山
保护着你
女人
有时就好似一条河
包容着你

朋友
就是你的路
携手同愿同行
家人
如同港湾
始终等候着你

你若私心
只会让你依靠的山垮掉
你若复杂
会令包容你的河流干枯

你若狭隘
会让你的路越走越窄
你若仇恨
会毁了等候你的港湾

世人怨
怨人心难得
其实你若简单
世界就不会复杂

人与人
心境若是清澈
痛苦也会释然
大道至简也

用慧眼
去看世界
人心就不会复杂
用纯净的心
面对人生
一切都会变得简单

如是降伏其心

带着佛心去做事
就是修行
带着正念去思索
就是证悟
时刻让慈悲心增益
是调整身心的关键

无事时心能澄然
有事时心能断然
得意时心能淡然
失意时心能泰然

假如遇到不公平
你不用怨恨
因果从来不误人
命里该还的一定还你
只是时间问题

我们的心很难降服
看不起人家
是一件很容易的事
但要摆平自己这颗傲心
却真的很困难

修一颗平常心
让它有因有果
有戒有定有慧
如是降伏其心

学习佛法
不是对尘世的逃避

•

学习佛法是
用智慧看待世间黑白
用善良的心成就美好
用宽容的心接纳现实

学习佛法是
包容得下别人的中伤
忍得住困苦的折磨
放得下挽留不了的美好

学习佛法是
看到往昔恶业有多深
关照自己的起心动念
保持正念升起慈悲心

学习佛法是
并非追求虚无脱离现实
而知生活处处是道场
不离世间法超越轮回

学习佛法是
不是对尘世的逃避
也不是一种生命的寄托
而是理解生命的无常
活在当下并超越自己

洗净尘埃　不悲不喜

•

远处的钟声缓缓敲起
飘荡的梵音萦绕耳畔
轻轻地踏上青石板路
弥漫的香火迎面袭来
愿做佛前那一支青莲
浅浅而笑，低眉不语
洗净尘埃，不悲不喜

虔诚献香花　心归法王家

若你能不闻是非　静思己过

假如你能
避免烦恼乘虚而入
这是一种谨慎的智慧
也是高贵心灵的标志
更是觉醒意识的开始

假如你能
不扰乱自己的心
也绝不带给别人烦恼
这样的有所禅定
也是对自我的约束

假如你能
不被暂时的快乐迷惑
知道那样的无度
也许会成为毕生的懊悔
你更会知道
烦恼都是欲念的果报

假如你能
懂得保护自己的心灵
给它营养和能量
不听闻是非
常静心思过

假如你能
保持一颗安静的心
胸怀博大者不易失衡
最大限度地平衡自己
不被烦恼左右
能转境界
你就是如来

问禅

●

爱与恨
距离有多远
一念之间

爱时
什么都爱
缺点也可爱

恨时
什么都可恨
优点也变成缺点

生与死
距离有多远
也是一念之间

生时
一切欢喜
花草都在快乐

死时
一切皆悲伤
世界都在流泪

生离死别
爱恨情仇
几乎天天可见

问君何时醒
吾爱心中寒
究竟是何因何缘

笑破虚空
问你因何不放下
苍生苦尽何时休
提起话头 —— 参

妙色曼陀罗

雨雾中
身披着袈裟
行过竹林小径
小草儿都带着雨露

飘落的细雨
淋润了袈裟衣角
随风飘动的袈裟
犹如天籁的韵律

此景心悦
曼妙如画
一步一梵乐
欢喜入云霄
情不自禁地念诵
南无大方广佛华严经
华严海会佛菩萨
融化成无比美丽的
妙色曼陀罗……

空欢喜

有一个出名的乐师，国王请他去演奏，答应给他一千个银钱。等演奏完毕，国王却不给他钱。国王对乐师说："你奏乐给我听，不过使我空欢乐一场。我答应给你钱，也只是叫你空欢喜一场罢了。"乐师一时无法回答，急问自己内心，言下终有悟。

寓意：世上的事，"缘聚则有，缘尽则散"，在天上和人间虽有快乐之时，但事物总是变迁的，快乐也不能永远存在。世间的所谓快乐，其实都是虚幻的，在生灭迁流、无常变幻中，都如水月镜花。不明白这个道理，就只有自生烦恼了。

诸缘如幻梦　世间妙莲花

任万水千山相阻
此心宁静致远
笑看千帆
一路梵音妙乐
有佛相伴
无有恐怖
天热哪管烈日炎
冷夜独居星稀处
有菩萨保佑
心如花开

日出而行
夜幕而息
点一盏青灯
映窗纱
好读楞严和法华
莫忆家
能了诸缘如幻梦
世间唯有妙莲花

行云似流水
豁达无拘束
沿途有佛陪
心明无迷雾

向佛终无悔
孤身天涯路
任我闯南北
佛乐情归处

春雪飞鸿

醉·红尘

思绪万千
走不出红尘路
痴心换得一生怨
泪印落心间

幻梦犹未尽
轮回六所处
百千万劫添烦恼
三界火宅中煎熬

红尘万丈
迷了世人眼
红尘深渊
乱了清静的心

愿天雨曼陀罗之花盛开
穿过那幽暗的岁月
找到心灵的归途
从此不再迷茫

愿众生自觉觉他
觉行圆满
不在红尘里迷失
犹如淤泥中盛开的莲花

一念嗔心起　百万障门开

一个经常发脾气的人
他的心就会远离安乐
一个经常生起嗔恨的人
他的意识就不会宁静

如果总是烦躁不安
如果经常情绪不定
这样既伤己伤人
还会伤身伤心

暴躁易怒的性格
让我们失去理智
让亲人寒心
让朋友远离

控制不了自己的情绪
你就已经被它打败了
嗔怒坏万世的功德
一念嗔心起
百万障门开

风来竹面　雁过长空

一阵风吹过了竹林
它绝对不停留在
那片竹子叶上
吹过去了就吹过去了

鸟在空中飞
留不下一点痕迹
雁过长空
飞过去就飞过去了

所谓风来竹面
雁过长空
学大乘菩萨道的人
更不著相

布施和修行中
一切现象不留
心中若留一点现象
已不是佛境界

修行要有胸襟
要有境界
学菩萨不著于相
若一著相
什么都学不成了

苏东坡有诗云
人生到处知何似
应似飞鸿踏雪泥
雪上偶然留指爪
鸿飞哪复计东西

佛陀悲心　度我出苦海

只要有佛在心间
哪怕我的心
一不留神失落了远方
我也不会纠结
因为佛会带你回家乡

只要有佛在心间
哪怕山高水又长
走来走去没了方向
我也不会害怕
因为佛会给我指点迷津

只要有佛在心间
哪怕烦恼广阔无边
将我的能量耗尽
我也不会失望
因为有佛法就会有办法

只要有佛在心间
哪怕一直在路上
失去觉照混乱了思想
我也不会再惆怅
因为正念会及时出现

只要有佛在心间
哪怕被人狠心伤害
把我逼到山穷水尽处
我也不会再沉沦
因为佛陀会度我出苦海

梦里有一朵莲

在梦里
有一朵莲花
开在了我的心房
它和我的生命同气连枝

是谁让我看到了彼岸
是谁陪我走过山高路长
放眼望去
那绿色的田野
正诉说着上乘的禅机

在梦里
有一尊佛
住在我的心房
那是我一生要寻找的佛

是谁在引领我
是谁让我知道了回家的路
放眼望去
那一望无际的波浪
正吟唱着无上的清凉

蓦然间
忽然明白
我就是那尊迷失的佛
终于知道了要寻找的答案

是谁告诉我参禅
是谁跟我说让我万缘放下
悟慈悲大爱是我的方向
从此我不再彷徨
人生如此欢畅

古观音寺禅堂静思

佛法就在生活中

有人不相信轮回
其实
只要你仔细观察一下
一日白天黑夜的变化
一年四季的交替
不正是轮回吗

有人不相信因果
其实
你再仔细想一下
那些善恶美丑的差距
不就是因果吗

有人不相信无常
其实
你再认真思索一下
那些生老病死爱恨别离
不就是无常吗

假如你没有因缘进入佛法
你可以走进并热爱生活
快乐的关键就在于觉察
只要你用心去感悟
一切答案都在佛法里

不论你是否已经皈依
最伟大的修炼就是做人
就是过平常的日子
因为佛法就在生活中

佛说，若无相欠，怃会遇见

佛说
伸手需要一瞬间
牵手却要很多年
无论你遇见谁
他都是你生命中该出现的人
绝非偶然

佛说
人生也是一次随兴的旅程
身体是灵魂借住的客栈
对于永无止息的轮回而言
今生只是过客

要有很深很深的缘分
才会将同一条路走了又走
同一个地方去了又去
同一个人见了又见

佛说
前世五百次的回眸
才换得今生的擦肩而过
今生相逢便是缘分
何苦去怨恨，何苦去仇视
缘起缘灭，缘聚缘散
一切都是天意
我们应好好珍惜

人生没有如果　只有结果

人生没有如果
只有结果
还有需要承担的后果

人生没有假如
有些因缘一旦错过
就无法从头再来

人生没有彩排
后面的故事剧情未知
只能拼尽全力和拭目以待

人生更不能重来
经历不管是好是坏
只能努力后听命运安排

大家都在匆忙赶路
没机会由你去任性和耍赖
都在不能停止地向前走

时间不等人
不要蹉跎了岁月
又丢失了出路

不要悲伤了年华
又憔悴了容颜
却无力改变任何现状

珍惜当下的每个缘
时刻准备着
接受人生的一切挑战

到底哪里有佛

东拜佛来西拜佛
到底哪里有佛陀
你找佛来他找佛
不如自己修成佛
我修佛来他修佛
究竟谁能得正果
世上有佛又有魔
是佛是魔皆自作
众善奉行就是佛
恶念一起便成魔
无我利他就是佛
损人利己便成魔
在家双亲是活佛
拜父拜母拜佛陀
天天念佛佛念我
往生极乐必成佛

踏雪无痕佛现前

今生酬缘得自在
摘把清凉存心间
向往秋过冬日雪
相衬梅花寒冷天

道是人情堪冷暖
百花凋残逼近年
朝暮都走千年路
调整身心亲圣贤

踏雪无痕走雪地
白云朵朵飞鸿雁
天崖海角寻佛迹
古树参天映僧颜

修与不修无实意
权巧方便雪中莲
回首一望空来处
一念清净佛现前

清净自在皆是禅

禅是什么
似乎神秘莫测
其实禅无所不在
静定下来
禅一直就在
我们内心一个柔软的角落

禅是一种诗意的栖居
禅是一种豁达的觉悟
禅是一种柔软的怜悯
禅是一种无意的发现
禅是一种虔诚的感恩

禅是一种自然的诗意
禅是一种清净的充盈
禅是一种醇厚的世味
禅是一种理智的退让
禅是一种淡泊的淡然

春有百花秋有月
夏有凉风冬有雪
若无闲事挂心头
便是人间好时节

心清自然是禅
吃饭睡觉是禅
若你能从中读到一丝安宁
几许平静
就好

此时不修　要待何时

有的人
在阳光明媚的日子里
愿意把伞借给你
而下雨的时候
他却打着伞悄悄地先走了

有的人
在你有权有势的时候
围着你团团转
而你离职了
他却躲得远远的

有的人
在你辛勤播种的时候
他袖手旁观
不肯洒下一滴汗水
而当你收获的时候
他却毫无愧疚地
来分享你的果实

假如你遇到这样的人
你会怎么办
是烦恼还是成长
修行人当有鉴别

即便是修菩萨之道
也要有明辨是非的慈悲
取舍的智慧
无我的空性
不染一尘的利他之行

更要有先后主次之分
先自觉再觉他的次第
先自利而后利他的程序
如此为修行之正道

每场梵呗演出,观众都虔诚无比

一张珍贵的老照片,摄于 1994 年扬州高旻寺,右起第一位为当年同时剃度的师兄无碍法师

出家僧人一天的生活

出家入空门
这是一生的选择
没有上下班
没有周末和假期
更没有退休

修行是"愿"
生生世世的意愿
是内心升起的
一种自我提升
自我觉醒的力量

当万籁俱寂时
悠扬的钟声传遍山谷
寺院一片灯火通明
朗朗的诵经声响彻云霄
在深远的大山中回荡

当朝霞满天时
响起打板声和几声梆响后
出家人已经在用餐了
尽管碗里只有清淡蔬食
却吃出了种种甘露法味

天空渐渐明亮
寺院里已传来各种声音
在红墙内外晃动着
潇洒飘逸的身影
沉寂的生命力
也慢慢显露出来

拿起大扫把
清扫小径上的落叶
眺望远处的山峦
看冉冉升起的朝阳
思索着宇宙生命的真谛

吱吱扭扭的
打开那厚重的庙门
燃起悠悠的清香
迎接十方善男信女

回到安静小屋
手捧古卷经书
潜心研读
深入经藏智慧之中

午后心静如水
盘坐庄严的禅堂里
提起念佛是谁
参究生命的本质

顷刻之间又到了傍晚
夜慢慢地静了
香客和游客逐渐散去
香炉中的香还在燃着

一切白昼的喧嚣
都停了下来
寺院又回到那个
清幽寂静的状态

众僧低垂着双眼
在梵唱诵念的晚课中
把躁动与劳碌都停下来
安住在参禅的心境里

念诵着佛号
修弥陀净土
从内心升起
一轮清澈的明月

选择寺院出家的生活
这是一种崇高的信念
为求佛道度化有情
了却一切众生的苦苦轮回
将个体融入僧团大众
提升生命的质量
力求无上智慧
解脱一切烦恼的束缚

将生命的智慧
传达给世人
促进僧团与社会的发展
让世间更加平和与安然

选择出家
这是一条很长的路
需用尽一生去完成
是永不退转的路
绍隆佛法不疲厌

诚如顺治赞僧曰
百年三万六千日
不及僧家半日闲
世上黄金非为贵
唯有袈裟披最难

人生是一条漫长的路

人生是一条漫长的路
在旅途之中
我们尝尽了跋涉的艰苦

人生是一场不懈的追求
在追求之中
我们不断领悟

人生是一个曲折的故事
在精彩的情节里
用心地将自己演绎

人生是一场盛大的相遇
在场景之中
我们都有无奈的别离

既然没有不弯曲的道路
没有不谢的花朵
没有不坎坷的旅途
那就没有不能承受的痛苦

有一颗洒脱的心
你会更快乐
有一颗坚强的心
你会更勇敢

有一颗慈悲的心
你会更宽容
有一颗修行的心
你会更智慧
笑看岁月风霜
心如莲花幽香
静观时光苍茫
一路普散芬芳

只为等待春暖花开

学佛要从哪里开始

学佛先从做人起。在佛典里有这样的两句话：人身难得，佛法难闻。现在我们已是一个世间人，又能够听闻到佛法，你说，我们是多么的幸运呢！

培本报恩，我们现在所得的人身是什么样的善因，又是什么样的善缘而得来的呢？得了人身，生活在这无边的人海里，要如何滋养它、维持它，才能够安善地过这一生呢？更进一步地讲，要怎样使其了知人生的真意义，并且得到人生最高的价值，才不辜负人身呢！

从自身过去世造作了能得人身果报的福业——因，再凭借了现在世，父、母的身体——缘。由此，可知道我们此身的来之不易。

倘若没有过去世福业的因和现在世父母的缘，我们以做人为基础的身体即无由成立。

了解构成此身体的因和缘后，我们要继续培修福业，而同时对父母要孝顺恭敬奉养，这是人生应做的第一要事——培本报恩，也是开辟未来世的升进之路！

回馈社会，我们从身生起以至老死，每天所需要的衣食住行之具，从何而来？你如果肚子饿了，有食物来充饥；冷了，有衣服来遮体；风雨袭来，有房屋给你住；你如果往何处去，有道路给你走。这些资生的赠予，都是依仗人类互助能力——大众的力量而得到。

换句话说，你的生命完全依靠社会大众的力量来维持、资养。所以你要去服务社会，替社会谋利益，凡是社会各种辛苦事业，你都要耐劳的去做——这是回馈于社会。

报国家恩。人生在世，要怎样才能安居乐业？固然、我们的生命由社会群众的力量来资养，但社会如何能使它安宁？我们如何常能得到礼乐的生活呢？这即是要有国家。有国家，则有政治、法律，对外有保护疆土之责的军队，使强暴之外患不能侵入，奸逆之内乱可以弭除，即天灾疫难，亦可设法防止。

若无国家，不但外患无法抵御，国内人民的生命也没有保障，生活也没有安宁，要报父母恩、社会恩亦无从报起。所以，我们更要——报答国家恩，以爱国心为前提。

进德修道。如果前三种能够"实践躬行"做得到，也只是一个平庸的人，还没有了解人之所以为人的真意义，也没有得到不虚生而为人的最高价值。

德者，德行也。以做人而言，因为过去世造作了德行的福业，才有现在世的人身。所以，我们在享受人世间福乐的时候，要能在人生道上更进一步。

做人亦然，要一生一生地往上升，不要糊里糊涂的醉生梦死。因为要进德，所以我们要修道，要依据真正贯通万事万法的道理——佛法去修行，我们才能进德。倘若此生所修的福德，比较前世更进了一步，也就不枉在人间走一遭！

人生究竟是捉摸不定的，随着一叠叠的波浪而来去，不能自主，犹如航海，无一时不是过着漂泊的生涯。在渺茫的生命道路上，除非依佛的道理——经典去研究，进而实行，将自己的身心以佛理来滋养它，才能稳登彼岸。

要使我们的思想与佛的思想合一，要以五戒十善为根本。五戒是戒杀、盗、淫、妄、酒。十善是不杀、不盗、不淫（这是身三种）、不两舌、不恶口、不妄语、不绮语（这是口四种）、不贪、不嗔、不痴（这是意三种）。若能如此，再进而修习禅定，自然能对诸经典不需要他人讲解，而自己也能发现，有大智慧生起，渐渐证入佛的真理的境界。

佛法上说：人为万物之灵，佛法唯人类才可以修学，由此可以见到人生真价值之所在。如今，我们是人身难得今已得，佛法难闻今已闻。这种机缘颇不易得，既来到这人世间，既入宝山，切莫空手而归，才能获得做人的真正价值！

佛就是自然　如影随形

佛是觉者知者
如实知见一切法之性相
成就正等正觉之大圣者
修行圆满的人
谓之佛

佛为自然，自然为佛
人在佛中，自然成佛
佛就是自然，如影随形
即便是魔
只要放下屠刀即可成佛

所以随时随地修
修在念头起处
修在清规戒律里
修在做事做人上
修在举手投足威仪中
这是不变的功课

佛不以自己成佛为满足
是希望人人成佛
也教导大家如何成佛
然而修行就如走路一样
不一定总是平坦
但只要朝前走
总有回到彼岸的那一天

多情山顶挂明月　光泻千里照僧还

月如水
何人憔悴
谁举杯
饮尽了风雪
又是谁
打翻前世柜
惹尘埃成是非

缘字诀
几番轮回
你锁眉
哭红颜唤不回
纵然青史已成灰
吾爱竟不灭
已然升华成慈悲

缘成空
谁人苦不堪言
依旧难放下
若然心醉满虚空
却难潇洒无牵挂
多情山顶挂明月
月光泻千里
直照僧还

读心经
万缘成空
观般若
便可度一切苦厄
独身走他乡
回光一照恰逢春
佛境毕竟归何处
此时人间正是也

一时花开　我为你诵经祈福

一时花开
河岸便有姹紫嫣红的闪烁
喜鹊抖落了几下羽毛
从翠翠绿绿的树下飞过

一时花开
湖边就有微风划过
放眼那河中心的孤岛
激荡着层层水波的轮廓

一时花开
我在树下为你诵读佛经
越过流年岁月
暖黄色的扉页已潮变了颜色

一时花开
望远处不知谁人翩翩起舞
在明月升起的一刹那
我看见美丽的菩萨飘向远方

一时花开
于是我便带上经书
从此行脚云游
问禅拜佛修行利他度众生

念佛的人最幸福

念佛是对美好的向往
念佛是对幸福的憧憬
念佛是对乐观的诠释
念佛是对心灵的减压
念佛是对精神的释放
念佛是对生活的升华

保持念佛
佛心善良
保持念佛
佛心智慧
保持念佛
佛心圆满
保持念佛
佛心自在
保持念佛
不仅仅是你能拥抱着幸福
幸福更加会紧紧地拥抱你

图书在版编目(CIP)数据

心若无尘 / 释印能著. -- 北京：社会科学文献出版社，2018.2
ISBN 978-7-5201-2102-6

Ⅰ.①心… Ⅱ.①释… Ⅲ.①诗集-中国-当代 ②散文集-中国-当代 Ⅳ.①I217.2

中国版本图书馆CIP数据核字（2017）第327301号

心若无尘

著　　者 / 释印能

出 版 人 / 谢寿光
项目统筹 / 杨　轩
责任编辑 / 杨　轩

出　　版 / 社会科学文献出版社·电子音像分社图书编辑部（010）59367069
　　　　　　地址：北京市北三环中路甲29号院华龙大厦　邮编：100029
　　　　　　网址：www.ssap.com.cn
发　　行 / 市场营销中心（010）59367081　59367018
印　　装 / 三河市东方印刷有限公司

规　　格 / 开　本：787mm×1092mm　1/16
　　　　　　印　张：16.25　字　数：116千字
版　　次 / 2018年2月第1版　2018年2月第1次印刷
书　　号 / ISBN 978-7-5201-2102-6
定　　价 / 89.00元

本书如有印装质量问题，请与读者服务中心（010-59367028）联系

版权所有 翻印必究